KB027017

오늘을 잡아라

SEIZE THE DAY
by Saul Bellow

Copyright © 1956, 1974, The Estate of Saul Bellow
Copyright renewed © 1984, The Estate of Saul Bellow
All rights reserved.

This Korean edition was published by arrangement with
Janis Freedman Bellow through The Wylie Agency.
All rights reserved.

이 책의 한국어판 저작권은 The Wylie Agency를 통해
Janis Freedman Bellow와 독점 계약한 ㈜문학동네에 있습니다.
저작권법에 의해 한국 내에서 보호를 받는 저작물이므로
무단 전재 및 무단 복제를 금합니다.

세계문학전집
219

Saul Bellow : Seize the Day

오늘을 잡아라

솔 벨로 장편소설

김진준 옮김

문학동네

존 사이먼 구겐하임재단과
헨리 앨런 모 이사장의
아낌없는 후원에 감사하며
_S. B.

일러두기

1. 번역 대본으로는 *Seize the Day*(Saul Bellow, Penguin Classics, 1984)를 사용했다.
2. 주석은 모두 옮긴이주다.
3. 본문의 고딕체는 원서에서 이탤릭체로 강조한 부분이다.

차례

1장

근심을 감추는 재간이라면 토미 윌헬름도 누구 못지않았다. 적어도 본인은 그렇게 믿었고 이 생각을 뒷받침할 만한 근거도 충분했다. 한때나마 배우였으므로—아니, 진짜 배우는 아니고 엑스트라였지만—연기를 어떻게 해야 하는지도 안다. 그리고 그는 시가를 피우는데, 시가를 피우는데다 모자까지 쓰면 한 가지 이점이 있다. 남들이 그의 기분을 알아차리기 어려워진다. 아침식사를 하기 전에 우편물을 확인하려고 23층에서 중이층* 로비로 내려가며 그는 남들 눈에는 말쑥해 보이겠지, 그럭저럭 잘사는 사람처럼 보이겠지, 그렇게 믿었다. 아니, 희망했다. 지금으로서는 할 수 있는 일이 별로 없으니 어차피 희망으로 그

* 1층과 2층 사이에 다른 층보다 작게 지은 발코니 모양의 공간.

칠 수밖에 없었다. 그는 14층에서 아버지가 엘리베이터에 타길 기대했다. 이 시간에 아침식사를 하러 가다가 마주치는 일이 많았다. 월헬름이 외모에 신경을 쓰는 까닭은 주로 늙은 아버지 때문이었다. 그러나 엘리베이터는 14층에서 멈추지 않고 계속 가라앉았다. 이윽고 엘리베이터 문이 스르르 열리자 로비에 깔린 드넓고 울퉁불퉁하고 검붉은 카펫이 월헬름의 발치로 너울너울 밀려들었다. 전경에 드러난 로비는 어둑어둑하고 조용했다. 프랑스식 커튼이 돛폭처럼 햇빛을 가렸지만 높고 좁다란 창문 세 개가 열려 있었고 월헬름은 푸른 하늘에서 막 내려오는 비둘기 한 마리를 보았다. 새는 로비 바로 아래층의 영화관 차양을 지탱하는 굵은 쇠사슬에 내려앉았다. 힘차게 파닥거리는 날갯짓소리가 잠시 들렸다.

글로리아나호텔의 투숙객은 대부분 은퇴할 나이를 넘긴 노인이다. 브로드웨이와 만나는 70번대, 80번대, 90번대 거리에는 뉴욕에서도 인구 비중이 높은 노인 상당수가 산다. 날씨가 너무 춥거나 비가 내리지만 않으면 베르디광장에서 컬럼비아대학까지, 울타리로 둘러싸인 작은 공원이나 지하철 환풍구 덮개 주변에 늘어선 벤치는 모두 노인들이 차지한다. 그들은 상점, 식당, 싸구려 잡화점, 찻집, 빵집, 미용실, 독서실, 동호회에도 잔뜩 몰려든다. 글로리아나의 노인들 틈에서 월헬름은 위화감을 느꼈다. 겨우 사십대 중반이니 비교적 젊은 편인데다 몸집도 크고 금발이고 어깨도 넓기 때문이다. 벌써 좀 구부정하고 굵어지긴 했지만 허리도 두툼하고 튼튼하다. 아침식사가 끝나면 늙은 투숙객들은 로비에 놓인 녹색 가죽 안락의자나 소파에 앉아 잡담을 나누거나 신문을 들여다본다. 할일이 아무것도 없으니 하루가 지나가길 기다릴 뿐이다. 그러나 활동적인 생활에 익숙한 윌헬름은 아침마다 활기차게 외출하길 좋아한다. 몇 달째 실직 상태가 이어졌는데도 사기를 유지하려고 일찍 일어난다. 면도를 마치고 여덟시쯤에는 로비로 내려간다. 신문과 시가 몇 개비를 사고 코카콜라 한두 병을 마신 후 식당에 가서 아버지와 함께 아침을 먹는다. 식사가 끝나면—밖으로, 밖으로, 밖으로, 볼일을 보러 나간다. 요즘은 외출 자체가 주된 볼일이 되어버렸다. 그러나 이런 생활은 오래 지속할 수 없음을 이미 깨달았고 오늘은 두렵기까지 했다. 자신의 일상이 곧 무너지려 한다는 사실도 알고, 오래전부터 예감했으나 지금껏 불확실했던 크나큰 걱정거리가 이제 눈앞에 닥쳤다는 사실도 감지했다. 오늘 저녁이 오기 전에 알게 되리라.

그런데도 그는 평소와 다름없이 로비를 지나갔다.

신문 매점을 하는 루빈은 눈이 좋지 않았다. 실제로 시력은 그리 나쁘지 않을지도 모르지만 눈꺼풀 가장자리가 레이스처럼 늘어진 탓에 감정표현이 서툴렀다. 그래도 옷은 잘 입었다. 계산대 뒤에서 대부분 시간을 보내므로 굳이 그럴 필요가 없을 텐데도 늘 근사하게 차려입는다. 오늘은 진갈색 양복 차림인데 작은 손에 돋아난 털이 소맷부리에 걸리적거린다. 화려한 카운테스마라 넥타이를 맸다. 윌헬름이 가까이 다가가도 루빈은 돌아보지 않았다. 자기 자리에 앉은 채 몇 블록 떨어진 앤소니아호텔을 몽롱하게 내다보았다. 이 근방의 명소인 앤소니아호텔은 스탠퍼드 화이트*가 지은 건물이다. 프라하나 뮌헨의 바로크식

* 미국의 유명 건축가.

궁전을 백배로 확대한 듯한 모습으로, 수많은 탑과 돔이 있고 비바람에 시달려 청록색으로 변해버린 거대한 금속제 돌출부와 궁륭, 철제 번개무늬 세공과 꽃줄 장식 따위가 즐비하다. 둥그런 꼭대기마다 시꺼먼 텔레비전 안테나가 빽빽하게 꽂혔다. 이 건물은 날씨 변화에 따라 대리석이나 바닷물처럼 보이는데, 안개가 끼면 석판처럼 검은색으로, 햇빛을 받으면 석회암처럼 하얀색으로 보이기도 한다. 오늘 아침은 깊은 물에 반사된 그림자처럼 위쪽은 하얀 뭉게구름 같고 아래쪽은 휑뎅그렁하게 일그러져 보인다. 두 사람은 함께 이 건물을 바라보았다.

이윽고 루빈이 말했다. "어르신은 벌써 식사하러 가셨어요. 아버님 말입니다."

"아, 그래요? 오늘은 저보다 먼저?"

"기막히게 근사한 셔츠를 입으셨네요." 루빈이 말했다. "어디서 사셨는지, 혹시 삭스*?"

"아뇨, 잭 패그먼이죠, 시카고에 있는."

마음이 울적할 때도 윌헬름은 이마에 자못 호감이 가는 주름살을 만들 수 있다. 얼굴이 천천히, 소리 없이 움직이는 모습은 때때로 대단히 매력적이다. 그는 마치 자신에게서 물러나듯 뒤로 한 걸음 내디딘 후 셔츠를 더 자세히 살펴보았다. 단정치 못한 차림새를 나무라며 익살스러운 표정을 지었다. 그는 멋진 옷을 입길 좋아했지만 막상 입어보면 옷가지 하나하나가 따로놀았다. 윌헬름은 웃음을 터뜨리며 조금 헐떡

---

* 뉴욕 피프스 애비뉴의 고급 백화점.

거렸다. 치아가 조그마한데다 웃으며 입김을 내뿜을 때는 두 볼이 둥글게 부풀어 나이보다 훨씬 더 젊어 보인다. 오래전 대학 신입생 시절에 너구리 모피 외투를 입고 풍성한 금발머리에 비니를 쓰고 다닐 때 아버지는 윌헬름이 저렇게 덩치가 커도 나무에 앉은 새가 홀려 날아들 정도라고 종종 말했다. 윌헬름은 아직도 대단히 매력적이다.

"이런 청회색을 좋아하거든요." 그가 붙임성 있고 상냥한 말투로 덧붙였다. "물빨래는 안 돼요. 일일이 세탁소에 보내야죠. 물빨래만큼 냄새가 좋진 않아요. 그래도 좋은 셔츠예요. 16달러나 18달러쯤 하죠."

그러나 이 셔츠는 윌헬름이 구매한 것이 아니라 직장 상사가—이미 사이가 틀어져 지금은 상사도 아니지만—준 선물이다. 루빈에게 그런 내력까지 말해줄 필요는 없다. 하지만 루빈은 벌써 알고 있을지도 모른다. 루빈은 뭐든지 아는 사람, 도무지 모르는 것이 없는 사람이니까. 사실 윌헬름도 루빈에 대해 많은 정보를 알았는데, 예컨대 루빈의 아내, 루빈의 사업, 루빈의 건강 문제 따위였다. 다만 그런 일은 함부로 입 밖에 낼 수 없으므로 말하지 못한 말의 무게 때문에 둘 사이에는 이야깃거리가 별로 없었다.

"아무튼 오늘 아주 멋지십니다." 루빈이 말했다.

윌헬름이 반색했다. "제가요? 정말 그렇게 생각해요?" 그러나 믿어지지 않았다. 진열장에 가득한 시가 상자의 화려한 봉인지, 다마스크* 무늬가 찍힌 포장지, 그리고 가르시아, 에드워드 7세, 키루스 대제** 등

---

* 명주실이나 리넨으로 양면에 무늬가 드러나게 짠 두꺼운 직물.

** 각각 12세기 스페인 칼라트라바기사단의 초대 단장, 영국 국왕(재위 1901~1910), 페르시아 아케메네스제국의 황제(재위 BC 559~530).

유명인의 얼굴을 돋을새김한 황금빛 초상화 사이로 유리에 비친 자신의 모습을 바라보았다. 유리 때문에 어두워지고 왜곡됐다는 사실을 고려하더라도 그리 근사한 모습은 아니라고 생각했다. 이마에는 눈썹 사이 지점에 대괄호처럼 널찍한 주름살이 새겨졌고 황갈색 피부 곳곳에 갈색 반점이 있다. 유리에 비친 얼굴에서 놀라움과 근심과 열망이 담긴 눈, 콧구멍, 입 등을 살펴보니 은근히 재미있다는 생각이 들었다. 금발머리 하마! 자신의 모습이 그렇게 보였다. 그는 크고 둥그런 얼굴, 넓고 도톰하고 붉은 입술, 짤막한 치아를 보았다. 그리고 저 모자, 그리고 저 시가. 그러면서 생각했다. 나는 차라리 한평생 고된 육체노동을 하며 살아야 했어. 비록 힘들더라도 성실하게 일하고 지쳐버리면 잠도 잘 잤을 텐데. 녹초가 될지언정 기분은 더 좋았을 테고. 그런데 나는 특별해지고 싶었지. 아직도 그래.

노력이라면 꽤 많이 했지만 열심히 일하진 않았잖아? 게다가 젊은 시절에 엉뚱한 길로 빠져버린 원인이 바로 저 얼굴이었다. 1930년대 초반, 잘생긴 얼굴 덕분에 잠시나마 배우 유망주로 여겨졌고, 그래서 할리우드로 건너갔다. 그곳에서 영화배우가 되겠다고 칠 년 동안이나 고집스럽게 노력했다. 그 시간이 다 가기 한참 전에 야망 또는 착각이 먼저 끝나버렸지만 자존심 때문에, 그리고 어쩌면 게으름 때문에 캘리포니아를 떠나지 못했다. 결국 다른 일을 찾아보았지만 칠 년 동안의 집념과 좌절 때문에 장사나 사업과는 어쩐지 어울리지 않게 되었고 전문직에 몸담기도 늦어버렸다. 철이 늦게 든데다 설자리마저 잃어버려 활기를 발산할 길이 없었는데, 그는 이 활기야말로 무엇보다 해로운 요소였다고 믿는다.

"어젯밤에는 진* 게임 자리에 안 나오셨던데요." 루빈이 말했다.

"그럴 일이 있었거든요. 어떻게 됐어요?"

월헬름은 지난 몇 주 동안 거의 밤마다 진 게임을 했지만 어젯밤에는 돈을 더 잃으면 안 되겠다는 생각이 들었다. 돈을 딴 적이 없었다. 단 한 번도. 잃어봤자 얼마 안 되는 금액이지만 소득은 아니지 않나? 분명한 손실이다. 매번 돈을 잃기도 이제 지겹고, 그 자리에 모이는 사람들도 지겹고, 그래서 혼자 영화를 보러 갔다.

"그럭저럭 괜찮았습니다." 루빈이 대답했다. "칼이 또 머저리처럼 고함을 지르긴 했죠. 이번엔 탬킨 박사님이 그냥 넘어가지 않았어요. 그런 행동을 하는 심리적 동기를 칼한테 설명해주시더군요."

"동기가 뭐래요?"

루빈이 말했다. "박사님 말씀을 그대로 전하긴 불가능하죠. 누가 그럴 수 있겠어요? 탬킨식 입버릇 아시잖아요. 묻지도 마세요. 〈트리뷴〉** 드릴까요? 종가終價가 얼마였는지 확인하셔야죠?"

"확인해봤자 별 도움도 안 돼요. 어제 세시에 얼마였는지는 벌써 알고요." 월헬름이 말했다. "그래도 신문은 사야겠네요." 그는 늘 그러듯이 한쪽 어깨를 높이 추켜올리며 상의 주머니에 손을 넣었다. 주머니 속에는 작은 약봉지, 찌그러진 담배꽁초, 그리고 원래는 포장지 안쪽에 붙어 있었지만 종종 치실 대용품으로 쓰기도 하는 빨간색 셀로판 띠 등이 있었는데, 그 사이에 넣어둔 동전 몇 개가 생각났기 때문이다.

"시세가 시원찮았던 모양이네요." 루빈이 말했다. 농담삼아 던진 말

---

* 카드놀이 '진 러미'의 준말.

** 일간지 〈뉴욕 헤럴드 트리뷴〉.

이지만 담담한 말투였고, 눈꺼풀에 가려져 게슴츠레한 두 눈은 이미 다른 곳을 보고 있었다. 굳이 대답을 들으려고 꺼낸 말은 아니었다. 어차피 루빈에게는 어느 쪽이든 상관없으니까. 어쩌면 이미 시세를 다 알고 있는지도 모른다. 도무지 모르는 게 없는 사람이니까.

그렇다, 시세가 별로 좋지 않았다. 윌헬름은 세 차례에 걸쳐 선물시장에서 라드* 매수주문을 냈다. 그런데 윌헬름과 탬킨 박사가 12.96달러에 라드를 사들였던 나흘 전부터 가격이 떨어지기 시작했고 아직도 떨어지는 중이었다. 오늘 아침 우편물 중에는 추가증거금을 예치하라는 통지서도 있을 터였다. 날마다 한 통씩 날아들었으니까.

애당초 윌헬름을 이런 일에 끌어들인 사람이 바로 심리학자 탬킨 박사였다. 탬킨도 글로리아나호텔에 살고 카드놀이에도 끼었다. 윌헬름에게 그는 월스트리트의 어느 증권사 지점에 가면 법정 증거금 전액을 예치하지 않아도 선물 투자를 할 수 있다고 설명했다. 그런 일은 지점장 소관이다. 지점장이 잘 아는 사람에게는—탬킨을 모르는 지점장은 한 명도 없다—단기매매도 허용한다. 소액계좌 하나만 개설하면 된다.

"이런 투기성 거래에서는 민첩성이 핵심일세." 당시 탬킨은 이렇게 말했다. "신속하게 움직여야 하니까. 샀다 팔고, 팔았다 다시 사고. 어쨌든 빨라야 해! 정확한 순간에 창구로 달려가 시카고로 전보를 쳐야지. 공격, 또 공격! 그러다가 그날 곧바로 빠져나와. 만오천 달러나 이만 달러어치 대두, 커피, 옥수수, 피혁, 소맥, 면화를 순식간에 팔아치우는 거야." 박사는 선물시장을 훤히 들여다보는 것이 분명했다. 그렇지 않으

* 돼지 지방을 정제해 만든 고체 또는 반고체 형태의 기름.

면 그토록 간단한 일처럼 들리게 설명하지는 못할 테니까. "사람들이 손해를 보는 건 욕심 때문이야. 가격이 오르기 시작하면 도저히 빠져나오지 못하거든. 남들은 무모한 도박을 하지만 나는 과학적으로 판단한다네. 주먹구구식으로 처리할 일이 아니야. 몇 점 땄다 싶으면 얼른 빠져야지. 상상 좀 해보라고!" 퉁방울눈, 대머리, 축 늘어진 입술이 특징적인 탬킨 박사가 말했다. "도대체 이 시장에서 사람들이 돈을 얼마나 버는지 곰곰이 생각해본 적 있나?"

심각하게 경청하던 윌헬름은 재빨리 표정을 바꾸고 헐떡거리는 듯한 웃음을 터뜨렸다. "있고말고요! 저를 뭐로 보십니까? 1928년이나 1929년*에 비해서도 주가가 엄청 올랐고 여전히 오른다는 사실을 모르는 사람도 있나요? 풀브라이트** 보고서 한번 안 읽어본 사람이 어디 있어요? 천지사방에 돈이 넘치죠. 그래서 다들 떼돈을 벌고. 그야말로 돈이—그게—"

"그런데 어떻게 속 편하게—그런 일이 벌어지는데 혼자 팔짱 끼고 가만히 앉아 있겠나?" 탬킨 박사가 물었다. "솔직히 나는 그렇게는 못하네. 여윳돈이 있어서 몇 달러 투자했다가 돈벼락 맞는 사람들을 생각해보게. 별로 똑똑하지도 않고 재주도 없는 놈들인데 얼마 되지도 않는 돈을 굴려 많은 돈을 벌어들인다고. 생각만 해도 울화가 치밀고 괴로워 안절부절못하지. 정말 안절부절못한다니까! 내가 오죽하면 환자도 못 받고 이러겠나. 그렇게 천지사방에 돈이 널렸는데 남들 다 버는 돈을 나만 못 벌면 멍청이잖아. 내가 아는 어떤 놈들은 슬렁슬렁 하면서

* 1929년 10월 말 뉴욕증시 대폭락과 함께 세계적 대공황이 시작되었다.

** 당시 미국 상원의 금융위원장이었던 제임스 윌리엄 풀브라이트.

도 매주 오천에서 만 달러 정도는 거뜬히 긁어모은단 말씀이야. 한 놈은 피에르호텔에서 살아. 잘난 구석은 하나도 없는 주제에 점심때마다 멈* 샴페인 한 상자를 꼬박꼬박 해치운다고. 또 어떤 놈은 센트럴파크 사우스에 사는데—아니, 말해봤자 무슨 소용이겠나. 아무튼 다들 그렇게 몇백만 달러를 벌어들인다니까. 게다가 그런 놈들은 똑똑한 변호사를 부려가며 천 가지 수법을 동원해서 세금조차 안 낸다고."

"그런데 저는 고스란히 빼앗겼죠." 윌헬름이 말했다. "마누라가 소득세 합산 신고서에 서명해주지 않았거든요**. 어쩌다 일 년 동안 그럭저럭 잘 벌었다가 세율 32퍼센트짜리 소득층에 들어가는 바람에 껍데기까지 홀러덩 벗겨졌어요. 수입이 변변찮은 해는 다 어쩌라고요?"

"어차피 정부는 장사꾼들 편이니까." 탬킨 박사가 말했다. "매주 오천 달러씩 버는 놈들은 보나마나—"

"그렇게 많은 돈은 필요 없어요." 윌헬름이 말했다. "그저 이번 투자로 조금이라도 고정수입이 생기면 소원이 없겠네요. 큰돈이 아니더라도. 큰돈은 바라지도 않아요. 아무튼 제가 너무 절박해서—! 투자 요령만 가르쳐주시면 정말 감지덕지하겠습니다."

"가르쳐주고말고. 나야 늘 하는 일이니까. 원한다면 내 거래명세서까지 다 보여주지. 그런데 자네 이거 아나? 그런 마음가짐이 내 마음에 쏙 들어. 돈 욕심도 경계하는 게 좋지. 이런 일에는 적개심이나 탐욕이 잔뜩 끼어들기 마련이야. 그런 상황이 사람들을 얼마나 변하게 하는지 자네도 꼭 알아둬야 해. 다들 객장에 나갈 때마다 살기등등하거든."

---

* 프랑스의 고급 샴페인 제조회사 G. H. 멈.

** 부부가 소득을 합산해 신고하면 세금감면 혜택이 있다.

"언젠가 누구한테서 들은 말이 있는데 뭐라더라?" 윌헬름도 한마디 거들었다. "무엇을 사랑하느냐에 따라 사람의 가치가 달라진다더군요."

"그래, 바로 그거야." 탬킨 박사가 말했다. "그렇다고 꼭 남들처럼 행동할 필요는 없지. 냉정하고 이성적이고 심리학적인 접근방법도 있으니까."

윌헬름의 아버지 애들러 박사는 아들과는 전혀 다른 세계에서 살았지만, 딱 한 번 탬킨 박사를 조심하라고 경고한 적이 있었다. 마치 지나가는 말처럼—대단히 무덤덤한 노인이므로—이렇게 말했다. "윌키, 너 그 탬킨이라는 사람 말을 너무 귀담아듣는 것 같더라. 재미있는 말상대이긴 해. 의문의 여지가 없지. 아주 천박하지만 말주변은 좋으니까. 하지만 믿을 만한 사람인지는 잘 모르겠더구나."

아버지가 아들의 안위를 두고 그렇게 남 이야기처럼 말하다니, 윌헬름은 몹시 못마땅했다. 애들러 박사는 남들에게 상냥한 사람으로 보이고 싶어했다. 상냥하다니! 아들조차, 하나뿐인 아들조차 아버지에게는 마음 편히 속마음을 털어놓지도 못하건만. 윌헬름은 생각했다. 내가 아버지에게 의지할 수 있었다면 탬킨 박사에게 의지하는 일은 없었을 텐데. 적어도 탬킨은 내 처지에 공감하고 어떻게든 도와주려고 하는데 아버지는 귀찮아하기만 하시잖아.

애들러 박사는 은퇴한 의사다. 재산이 꽤 많으니 간단히 아들을 도와줄 수 있을 터였다. 최근 윌헬름은 이렇게 말했다. "아버지—어쩌다 보니 요즘 제 형편이 좀 어려워졌어요. 저도 이런 말씀 드리긴 싫죠. 기왕이면 좋은 소식을 전해드리고 싶은데 그건 아버지도 아실 거예요. 하지만 사실이에요. 이게 사실인데, 아버지—이거 말고 또 무슨 말씀을 드리겠어요? 사실이 그런데."

여느 아버지라면 이런 고백을 하기가 얼마나 괴로운 일인지 짐작하고도 남았으련만, 그간의 온갖 불운, 근심, 무력감, 좌절감까지 헤아려 주었으련만. 그날 윌헬름은 아버지처럼 점잖게, 나직하게, 품위 있게 말하려고 노력했다. 목소리가 떨리지 않도록 조심하고 꼴사나운 손짓도 삼갔다. 그런데도 아버지는 대꾸조차 하지 않았다. 고개만 끄덕였다. 마치 시애틀이 퓨젓사운드* 근처에 있다거나 자이언츠와 다저스의 야간경기가 벌어진다는 말을 들은 사람처럼, 이 정정하고 잘생기고 친절한 노인의 표정에는 조금도 변화가 없었다. 아버지는 예전에 환자들을 대하던 태도를 아들에게도 그대로 견지해 윌헬름에게 크나큰 슬픔을 안겨주었다. 견뎌내기 힘겨울 정도였다. 아버지는 알아차리지도 못하실까, 느끼지도 못하실까? 가족의식마저 잃어버리셨나?

윌헬름은 깊은 상처를 받았지만 공정한 시각을 유지하려고 노력했다. 노인들은 변하기 마련이다. 그들은 까다로운 고민거리를 앞두고 있다. 머지않아 닥쳐올 일에 대비해야 한다. 종전의 생활방식대로 살아갈 수 없는데다 가치관도 달라져 가족이든 남이든 별 차이가 없어진다. 윌헬름은 아버지가 예전과는 다른 사람이라고 생각했다. 내가 태어났을 때 아버지는 서른두 살이었지만 지금은 여든 살이 되어간다. 더구나 이제는 나도 아이 같은, 어린 아들 같은 기분으로 아버지를 대하지 말아야 할 때가 되었다.

* 시애틀에 면한, 워싱턴주 서북부의 만.

늙어서도 잘생긴 이 의사는 호텔 안 다른 노인들 위에 높이 군림한다. 모두 그를 숭배하다시피 한다. 사람들은 이렇게 말한다. "저분이 내 과학을 가르쳤던 애들러 교수님이에요. 진단 전문의로 뉴욕에서도 손꼽히는 권위자라 환자가 어마어마하게 많았죠. 정말 보기좋은 노신사 아닙니까? 저렇게 훌륭한 학자는 보기만 해도 즐겁죠. 흠잡을 데 없이 단정하시잖아요. 자세도 늘 꼿꼿하고 뭐든 모르시는 게 없죠. 저 연세에도 정신이 조금도 흐려지지 않았거든요. 저분한테는 화제를 가려가며 얘기할 필요가 없어요." 접수원, 승강기운전원, 전화교환원, 웨이트리스, 객실청소원, 경영진 등이 입을 모아 그를 치켜세우고 떠받든다. 그것은 아버지가 바라는 일이기도 하다. 그는 예나 지금이나 허영심이 많다. 당신 자신만 사랑하는 아버지를 볼 때마다 윌헬름은 미칠 듯이 화가 치밀기 일쑤였다.

굵고 새까맣고 몹시 선정적인 제목이 찍힌 〈트리뷴〉을 펼쳐 읽어봤지만 낱말 하나도 머리에 들어오지 않았다. 아직도 아버지의 허영심에 관한 생각이 뇌리를 떠나지 않았기 때문이다. 아버지는 자신에 대한 찬사를 스스로 만들어낸다. 사람들에게 넌지시 귀띔하는 수법인데 아무도 알아차리지 못한다. 그런데 아버지는 왜 그런 찬사를 원할까? 모두가 바삐 움직이는 호텔에서, 만남의 시간도 짧고 깊이도 없는 이곳에서 칭찬을 받은들 무슨 만족감이 있을까? 아버지는 여기저기서 사람들의 머릿속에 잠시 머물 뿐이다. 생각났다가도 금방 잊힌다. 그들에게 아버지는 전혀 중요하지 않다. 윌헬름은 길고 거센 한숨을 내쉬며 눈을 동그랗게 뜨고 눈썹을 추켜세웠다. 두툼한 신문의 가장자리 너머를 응시했다.

……머지않아 작별해야 하는 것들을 더 깊이 사랑하리라.*

뜬금없이 그런 시구가 떠올랐다. 처음에는 아버지를 뜻하는 구절이라고 생각했지만 곧 자신에게 더 잘 어울린다는 사실을 깨달았다. 누군가를 더 깊이 사랑해야 하는 사람은 바로 나다. "이를 깨달으면 그대의 사랑도 더욱 깊어지리니**."

탬킨 박사의 영향인지 요즘 들어 예전에 읽었던 시가 하나둘 생각났다. 탬킨 박사는 위대한 영국 시인들을 잘 알거나 아는 체했고 이따금 자작시도 언급했다. 윌헬름이 누군가에게 이런 이야기를 들어보기는 정말 오랜만이었다. 대학시절은 떠올리기도 싫지만 지금 생각해봐도 쓸모가 있는 수업을 하나만 고른다면 바로 '문학 1'였다. 교재는 리더와 러벳이 편찬한 『영국의 시와 산문』이었는데, 표지는 검은색이었고 종이가 얇은데도 꽤 두툼한 책이었다. 그는 이렇게 자문했다. 내가 그 책을 읽어봤나? 그래, 읽다마다. 덕분에 기꺼이 회상할 만큼 보람 있는 경험을 적어도 한 가지는 챙긴 셈이다. 당시 이런 구절도 읽었다. "또다시, 월계수여.***" 이 얼마나 순수한 언어인가! 정말 아름다웠다.

---

* 셰익스피어 「소네트 73번」 마지막 행.

** 위 인용문의 앞 구절.

*** 영국 시인 존 밀턴이 해양사고로 익사한 친구 에드워드 킹의 죽음을 애도하며 지은 비가 「리시다스」(1637)의 첫머리.

그는 수면 아래로 가라앉았으나……*

이런 시는 옛날부터 번번이 그의 마음을 흔들어놓았지만 요즘은 이들 문장의 힘이 더욱더, 훨씬 더 커져버렸다.

윌헬름은 진실을 중요시하지만 때때로 거짓말을 하기도 했는데, 자주 하는 거짓말 하나는 자신의 학력 문제였다. 그는 펜실베이니아주립대학을 졸업했다고 말했다. 그러나 사실은 2학년도 끝내지 못하고 중퇴했다. 여동생 캐서린은 이학사 학위소지자다. 돌아가신 어머니도 브린모어** 졸업생이었다. 가족 중에서 교육을 제대로 받지 못한 사람은 윌헬름 하나뿐이다. 이것도 뼈아픈 상처다. 아버지마저 아들을 부끄러워한다.

그러나 윌헬름은 아버지가 다른 노인에게 자랑하는 말을 들은 적이 있었다. "아들 녀석은 영업부 이사예요. 끈기가 없어 졸업은 못했지. 그래도 제 앞가림은 제법 합디다. 연봉이 다섯 자릿수에서도 웬만큼은 되니까."

"그럼—삼사만 달러쯤?" 허리가 구부정한 노인이 물었다.

"글쎄, 생활수준을 유지하려면 그 정도는 필요하겠지. 암, 필요하고말고."

걱정거리가 쌓였는데도 윌헬름은 폭소를 터뜨릴 뻔했다. 아니, 저 위선적인 허풍쟁이 노인네. 아버지는 아들이 이제 영업부 이사가 아니라는 사실을 알고 있었다. 벌써 몇 달 전부터 회사원도 아니고 영업도 안

---

* 위의 시 167행.

** 펜실베이니아주 브린모어의 유서 깊은 여자대학.

하고 연봉도 없다. 그러나 우리는 세상 사람들에게 얼마나 근사하게 보이고 싶어하는가! 그리고 저렇게 거짓말을 늘어놓는 노인들은 얼마나 아름다운가! 윌헬름은 아버지야말로 영업인이라고 생각했다. 아버지가 나를 판다. 정말 영업을 해야 하는 사람은 아버지였건만.

그런데 진실은 무엇인가? 아, 진실은 여러 문제가 있다는 점, 그리고 아버지는 그런 문제에 관여하기 싫어한다는 점이다. 아버지는 아들을 부끄러워한다. 윌헬름은 진실이란 몹시 성가신 것이라고 생각했다. 입술을 굳게 다물자 혀가 말랑말랑해졌다. 입속 깊은 곳, 목울대와 목구멍이 뻐근해지고 가슴속에는 불행의 응어리가 맺혔다. 그는 옛날을 회상했다. 내가 어렸을 때조차 아버지는 단 한 번도 친근하게 대해주지 않았지. 늘 진료실이나 병원이나 강의실에만 머물렀어. 내 일은 내가 알아서 하길 바랄 뿐, 관심도 별로 없었고. 그런데 이제 와서 나를 경멸하다니. 어떤 면에서는 그럴 만도 하지만.

윌헬름이 식당에 들어가는 순간을 자꾸 미루는 것도 무리가 아니었다. 그는 루빈의 계산대 끄트머리로 이동했다. 〈트리뷴〉을 펼쳤다. 갓 찍어낸 신문이 손에서 축 늘어졌다. 시가도 다 피워버렸고 모자도 그를 지켜줄 수 없었다. 근심을 감추는 재간이라면 누구 못지않다고 믿었지만 착각이었다. 온갖 근심이 얼굴에 고스란히 드러났다. 그는 이 사실을 알아차리지도 못했다.

부자간의 성이 서로 다르다는 사실이 호텔 안에서 자주 화제가 되었다. "애들러 박사님 아드님이죠?" "예, 그런데 저는 토미 윌헬름이라고 합니다." 그러면 애들러 박사는 이렇게 말했다. "아들과 제가 서로 다른 성을 쓰죠. 저는 전통을 지키니까요. 아들놈은 새로운 것을 좋아하고."

'토미'는 윌헬름이 스스로 지은 이름이다. 할리우드로 건너가면서 그 이름을 선택하고 애들러라는 성은 떼어버렸다. 사실 할리우드도 스스로 선택했다. 그는 늘 모리스 베니스라는 스카우터 때문에 벌어진 일이라는 듯이 말했다. 그러나 그 스카우터가 영화사를 연결해주겠다고 확언한 적은 없었다. 그가 윌헬름에게 먼저 접근하긴 했지만 스크린테스트 결과가 신통찮았기 때문이다. 테스트가 끝난 뒤에는 오히려 윌헬름이 더 적극적으로 나섰고 모리스 베니스를 압박해 결국 원하는 답변을 받아냈다. "글쎄, 할리우드에서 성공할 가능성도 없진 않겠지." 이 말을 구실로 윌헬름은 대학을 떠나 캘리포니아로 갔다.

누군가 말했듯이, 그리고 윌헬름도 공감하듯이, 로스앤젤레스는 전국에서 온갖 뜨내기들이 모여드는 곳이었다. 미국 땅이 한쪽으로 기울기라도 했는지, 단단히 고정되지 않은 것들은 모조리 남부 캘리포니아로 미끄러져 내려오는 듯했다. 윌헬름 자신도 붙박이가 아니라 뜨내기였다. 가끔 그는 사람들에게 이렇게 말했다. "대학을 다니기에는 너무 조숙했어요. 이미 다 자라버렸거든요. 그래서 생각했죠. 언제쯤부터 어른이라는 기준이 어디 있어?" 울긋불긋 색칠한 고물차도 몰아보고, 표어가 적힌 노란색 비옷도 입어보고, 불법 포커도 해보고, 신입생 미팅까지 경험한 후 그는 대학이라면 충분히 겪어봤다고 생각했다. 새로운 일을 시도하고 싶었다. 그래서 진로 문제로 부모님과 말다툼을 벌였다. 바로 그때 모리스 베니스의 편지가 날아들었다.

이 스카우터에 얽힌 이야기는 길고 복잡한데다 줄거리도 각양각색이다. 진실은 아무에게도 털어놓지 않는다. 윌헬름은 처음에는 자랑스럽게, 나중에는 자신이 애처로워 거짓말을 했다. 그러나 기억력은 좋은 편이므로 자신이 지어낸 말과 실제로 일어난 일을 아직도 낱낱이 구분할 수 있는데, 오늘 아침 〈트리뷴〉을 들고 루빈의 매점 진열장 앞에 서서 그는 아무래도 실제 사건들의 어처구니없는 진행 과정을 차근차근 돌이켜봐야겠다고 생각했다.

그 시절 나는 대공황이 한창이라는 사실을 미처 깨닫지도 못한 듯싶다. 어떻게 얼간이처럼 고작 요행과 직감만 믿고 아무 준비도 없이 다짜고짜 밀어붙였을까? 회색 눈을 휘둥그레 뜬 채, 크고 잘생긴 입술을 근엄하게 앙다문 채, 그는 지금까지 덮어두었던 진실을 억지로 끄집어냈다. 아버지는 아랑곳하지도 않았지. 어머니는 나를 말리려 했고, 그래서 우리는 걸핏하면 실랑이를 벌이며 고함을 지르거나 애원했어. 거짓말을 할수록 점점 더 언성을 높이며 바락바락 대들었지. 꼭 하마처럼. 가엾은 어머니! 나 때문에 얼마나 실망했을까. 루빈은 윌헬름이 겨드랑이에 낀 〈트리뷴〉이 구겨지는 줄도 모르고 우두커니 서서 떨리는 숨결로 내뱉는 한숨소리를 들었다.

오늘따라 무엇을 해야 좋을지 모르겠다는 듯 아침부터 한가롭게 빈둥거리는 자신의 꼬락서니를 루빈이 유심히 지켜본다는 사실을 알아차리고 윌헬름은 코카콜라 자판기 쪽으로 발길을 돌렸다. 콜라병을 들고 벌컥벌컥 들이켜다 사레가 들렸지만 기침마저 무시해버렸는데, 두 눈을 치켜뜨고 앙다문 입술을 손으로 가린 채 여전히 생각에만 골몰했기 때문이다. 그는 마치 바람이라도 분다는 듯이 늘 상의 목깃을 세우고 다니는 독특한 버릇이 있었다. 목깃을 반듯하게 눕혀두는 법이 없었다. 그러나 체중을 못 이겨 구부정하고 힘의 방향이 틀어져 기형에 가깝게 변했어도 여전히 널찍한 등판 위에서 스포츠코트의 목깃은 리본처럼 가늘어 보였다.

이십오 년 전, 웨스트엔드 애비뉴에 있던 집 거실에서 설명을 늘어놓던 자신의 목소리가 귓가에 쟁쟁하다. "하지만 어머니, 배우로 성공하지 못하면 그때 복학해도 되잖아요."

그러나 어머니는 아들이 앞날을 망칠까봐 걱정했다. 그녀가 말했다. "윌키, 네가 의사가 되겠다고만 하면 아버지가 다 도와주실 텐데." 그 말을 떠올리기만 해도 숨이 막힐 정도였다.

"병원이라면 지긋지긋해요. 게다가 자칫하면 실수를 저질러 누군가를 다치게 하거나 환자를 죽일 수도 있잖아요. 그런 일은 도저히 견딜 수 없을 거예요. 게다가 제 머리는 그런 쪽으로 발달하지도 않았어요."

그러자 어머니는 조카 아티를 들먹이는 실수를 저질렀는데, 윌헬름의 외사촌 아티는 당시 컬럼비아대학에서 수학과 외국어를 전공하는 우등생이었다. 가무잡잡하고 왜소하고 우울했던 아티는 정이 뚝 떨어질 만큼 얼굴이 홀쭉하고 사마귀가 즐비하고 킁킁거리며 자기 몸냄새를 맡고 식탁예절마저 지저분한데다 누구와 함께 산책할 때는 동사변화를 주절거리는 따분한 버릇이 있었다. "루마니아어는 쉬운 언어야. 말끝마다 '틀tl'만 붙이면 되니까." 리버사이드 드라이브의 육해군 합동기념비 앞에서 윌헬름과 함께 놀던 그 아티가 지금은 교수가 되었다. 교수가 되었다는 사실 자체는 대단치 않다. 사람이 그렇게 많은 언어를 알면서 어떻게 견뎌낼까? 그리고 아티는 여전히 아티일 수밖에 없다는 사실이 불행이었다. 그러나 어쩌면 성공이 그를 변화시켰는지도 모른다. 이 세상에서 한자리를 차지했으니 전보다 나은 사람이 되었는지도 모른다. 아티는 온갖 언어를 사랑해서 언어에 일생을 바쳤을까, 아니면 그 역시 내심 냉소적일까? 요즘은 그런 사람이 수두룩하다. 아무도 만족할 줄 모르는 듯한데, 윌헬름은 성공한 사람들의 냉소적인 태도에 특히 경악했다. 냉소야말로 만인의 일용할 양식이다. 비웃음도 그렇다. 어쩔 수 없는 일인지도 모른다. 더 나아가 필요한 일인지도 모른다. 그러나 윌헬름은 냉소를 몹시 두려워했다. 하루가 끝날 무렵 유난히 피곤할 때마다 그는 냉소 때문이라고 생각했다. 속된 일을 너무 많이 해버렸으니까. 거짓도 너무 많은 세상이니까. 그는 그런 상황이 자신에게 미치는 영향을 다양한 말로 표현했다. 난장판이다! 더럽다! 복잡하다! 마음속으로 그렇게 소리쳤다. 생존경쟁! 속임수! 살인! 정정당당하게 살아라! 개새끼들!

스카우터가 보낸 편지도 처음에는 기분좋은 웃음거리에 지나지 않았다. 모리스 베니스는 윌헬름이 학생회 총무로 입후보했을 때 대학신문에 실렸던 사진을 보고 스크린테스트를 받아보라는 편지를 보냈다. 윌헬름은 즉시 뉴욕행 열차를 탔다. 스카우터는 몸집이 황소처럼 거대했는데, 어찌나 뚱뚱한지 두 팔이 살과 지방에 부대껴 움직이기도 어려울 듯싶었다. 그야말로 고통스러워 보일 정도였다. 머리숱은 별로 없었다. 그래도 혈색 하나는 좋았다. 다만 목구멍에 지방이 끼어 숨소리가 소란스럽고 목소리도 걸걸해서 알아듣기 힘들었다. 당시 필박스 스타일이라고 불리던 더블버튼 정장을 입었는데 파란색 바탕에 분홍색 줄무늬가 있고 바지는 발목을 감싸는 형태였다.

그들은 악수한 후 자리에 앉았다. 거구 두 명이 함께 있으니 브로드웨이의 작은 사무실이 더욱더 비좁아지고 가구들은 장난감처럼 보였다. 한창 건강할 때 윌헬름은 골든그라임스종 사과 같은 황금빛이었고,

숱 많은 금발이 무럭무럭 자랐고, 널찍한 어깨는 전혀 구부정하지 않았다. 턱에도 군살이 없고 눈도 더 크고 더 맑았다. 다리는 그때도 부자연스러웠지만 누가 보아도 인상적인 미남이었다. 그러나 바야흐로 인생의 첫번째 대실수를 저지르려는 찰나였다. 때때로 이런 생각이 든다. 말하자면 그날 나는 다짜고짜 흉기를 집어들고 내 머리통을 냅다 후려갈긴 셈이지.

건물이 너무 많은 도심지 부근에서, 말라붙은 호수처럼 군데군데 타르와 자갈만 남은 그곳에서, 사방이 벽면이나 잿빛 공간으로 둘러싸여 어두컴컴하고 비좁은 사무실에서 모리스 베니스는 책상을 앞에 두고 거대한 몸집을 과시하며 곧바로 신임을 얻기 위한 작업에 착수했다. 그가 말했다. "내가 회사 편지지를 쓰긴 했지만 혹시 내 신원을 확인해보고 싶지 않나?"

"누가, 제가요?" 윌헬름이 물었다. "왜요?"

"테스트를 미끼로 돈이나 뜯어내는 사기꾼으로 오해하는 사람도 종종 있거든. 하지만 나는 한 푼도 요구하지 않아. 에이전트가 아니니까. 사례금은 안 받는다고."

"그런 생각은 전혀 안 했습니다." 윌헬름이 말했다. 이 모리스 베니스라는 자, 혹시 좀 구린 데가 있나? 다짜고짜 저렇게 설레발을 치다니.

마침내 베니스가 지방 때문에 가늘어진 걸걸한 목소리로 윌헬름을 다그쳤다. "믿지 못하겠으면 당장 배급사에 전화해서 나 모리스 베니스가 대체 어떤 놈이냐고 물어봐."

윌헬름은 의아스러웠다. "못 믿을 이유가 어디 있어요? 당연히 믿죠."

"내 사무실이 손바닥만하니까, 그리고 자네가 내 깜냥을 재보는 게 빤히 보이니까. 나를 못 믿겠다는 듯이. 어서 해봐. 연락해보라고. 자네가 좀 경계해도 나는 아무렇지도 않아. 진심이야. 처음 만날 때는 나를 의심하는 사람도 꽤 많으니까. 명성과 거금이 그렇게 하늘에서 뚝 떨어지다니 도저히 믿을 수 없다는 거지."

"정말 믿는다니까요." 이렇게 말하며 윌헬름은 따뜻하고 헐떡거리는 듯한 웃음에 대처하느라 몸을 숙였다. 긴장한 기색이 역력한 웃음소리였다. 그의 목은 불그스름했고 귀 주변까지 말끔하게 면도한 상태였다. 방금 이발소를 다녀왔기 때문이다. 좋은 인상을 주고 싶다는 바람 때문에 얼굴이 초조하게 달아올랐다. 그러나 모두 헛수고였다. 윌헬름 못지않게 베니스도 좋은 인상을 남기는 데 여념이 없었기 때문이다.

"내 말에 놀랐다면 무슨 뜻인지 설명해주겠네." 그날 베니스는 이렇게 말했다. "십오 개월쯤 전에 바로 이 사무실에서 신문에 실린 아름다운 여자를 보게 됐어. 어느 브래지어 광고였는데, 사진도 아니고 그림이었지만 스타가 될 만한 재목이라는 걸 한눈에 알아봤지. 신문사에 연락해서 그 여자가 누구냐고 물어봤더니 광고회사 이름을 알려주더군. 그 회사에 전화를 걸어 화가 이름을 알아냈고 그 화가한테 연락해서 모델 에이전시 전화번호를 알아냈지. 그리고 마침내, 마침내 그 여자 번호를 알아내고 전화를 걸었어. '캐스캐스키아영화사 스카우터 모리스 베니스라고 합니다.' 그랬더니 그 여자가 대뜸 이러더라고. '장난치지 마세요.' 나는 아무래도 진척이 없겠다 싶어 이렇게 말했지. '이봐요, 아가씨. 그런다고 원망하진 않겠소. 아가씨처럼 엄청난 미인이라면 홀딱 반해 따라다니는 놈이 수두룩할 테고 걸핏하면 전화질로 장난치거나 치근덕거리는 남자친구도 많을 테니까. 하지만 나도 몹시 바쁜 몸이라 한가롭게 시시덕거리며 옥신각신할 시간 없으니 거두절미하고 부탁 하나만 합시다. 내 전화번호와 캐스캐스키아의 배급사 전화번호를 가르쳐주겠소. 그쪽에 연락해서 스카우터 모리스 베니스가 어떤 놈인지 물어보시오.' 여자는 내 말대로 했지. 잠시 후 여자가 나한테 연락해서 이런저런 사과와 변명을 늘어놨지만 나로서는 괜히 신인배우한테 창피를 줘서 처음부터 사이가 틀어지긴 싫었다네. 그 정도로 멍청하진 않으니까. 그래서 누구라도 경계할 만한 상황이니 신경쓰지 말라고 했지. 당장 스크린테스트부터 해보자고 했어. 왜냐하면 내가 재능을 오판하는 일은 별로 없으니까. 내 눈은 틀림없어. 그것만 알아줬으면 좋겠네. 아무튼 그 여자가 지금 누군지 알겠나?"

"모르죠." 윌헬름은 몹시 궁금해하며 대답했다. "누군데요?"

베니스가 자랑스럽게 말했다. "니타 크리스턴베리."

윌헬름은 얼떨떨한 표정을 지었다. 낭패다. 윌헬름에게는 생소한 이름이니 반응을 기대하던 베니스가 노여워할 터였다.

아니나 다를까, 베니스는 자못 불쾌해했다. "뭐 이런 친구가 다 있어! 자네는 잡지도 안 봐? 영화계의 샛별이라고."

"죄송합니다." 윌헬름이 대답했다. "학교 다니느라 이것저것 들여다볼 틈이 없었거든요. 제가 모른다고 달라질 건 아무것도 없어요. 보나마나 엄청나게 인기 많은 여배우겠죠."

"두말하면 잔소리지. 이 사진 좀 보게나." 베니스는 윌헬름에게 사진 몇 장을 건넸다. 수영복 차림의 미녀였다. 아담한 키, 평범한 가슴과 엉덩이, 잘빠진 다리. 그래, 괜찮은 편이었지. 윌헬름은 그렇게 회상했다.

여자는 하이힐을 신고 스페인풍 머리빗을 꽂고 만틸라*를 쓴 모습으로 서 있었다. 한 손에는 부채를 들었다.

그날 윌헬름은 이렇게 말했다. "굉장히 활달해 보이는군요."

"정말 아름답지 않나? 성격은 또 얼마나 매력적인지! 내가 장담하는데, 연예계에 흔해빠진 여자들과는 영 딴판이라니까." 그러면서 윌헬름에게 놀라운 소식을 전했다. "니타를 만난 덕분에 행복해졌다네."

"그래요?" 윌헬름은 얼른 알아듣지 못한 채 중얼거렸다.

"그래, 이 친구야, 우리가 약혼했다고."

윌헬름은 다른 사진도 보았는데 이번에는 해변에서 찍은 사진이었다. 테리직 비치웨어를 걸친 베니스가 여자와 뺨을 맞대고 카메라 쪽을 바라보았다. 사진 하단에 흰색 잉크로 '말리부 콜로니의 사랑'이라고 적어놓았다.

"앞으로 아주 행복하시겠네요. 두 분이 부디—"

"당연히 행복해야지." 베니스가 단호하게 말했다. "그 그림을 보는 순간 운명의 숨결이 나를 휘감았거든. 온몸으로 느꼈지."

윌헬름이 물었다. "저기, 갑자기 생각났는데요, 혹시 제작자 마셜 베니스 씨 친척이신가요?"

베니스는 그 제작자의 조카 아니면 종질이었다. 어쨌든 성공하지 못한 것만은 분명했다. 이제는 윌헬름도 그 사실을 쉽게 간파할 수 있었다. 사무실이 너무 초라하기도 했지만 베니스 자신도 지나치게 안달복달하며 자랑을 늘어놓고 너무 구체적으로 신상을 공개하고—안쓰럽

---

* 스페인, 멕시코 등지에서 장식용 빗과 함께 사용해 여성의 머리와 어깨를 덮는 베일.

기도 하지. 그는 막강하고 저돌적인 가문에서 눈에 띄지도 않는 실패자였다. 그래서 윌헬름은 깊디깊은 동병상련을 느꼈다.

베니스가 말했다. "이제 자네와 관련된 얘기가 궁금하겠지. 우연히 자네 학교 신문을 봤어. 사진이 아주 잘 받더군."

"뭐 그렇지도 않습니다." 윌헬름은 웃음이라기보다 헐떡거리는 듯한 소리를 내며 말했다.

"이건 내 전문분야니까 이러쿵저러쿵하지 말게." 베니스가 말했다. "나한테 맡기라고. 이런 일은 빠삭하니까."

"참견할 생각은 전혀 없었는데—아무튼 저한테는 어떤 역할이 잘 맞을까요?"

"지금까지 대화하면서 줄곧 자네를 관찰했어. 아니라고 생각하면 오산이지. 자네를 보니 누군가 떠오르는군. 어디 보자, 누굴까—왕년에 명배우였던 사람인데. 혹시 밀턴 실즈*? 아니, 그 사람은 아니야. 콘웨이 털, 잭 멀홀? 조지 밴크로프트? 아냐, 그 사람은 더 우락부락하지. 어쨌든 하나는 확실한데, 조지 래프트 같은 타입은 전혀 아니지—사납고 뺀질뺀질하고 음흉한 인물 말이야."

"예, 제가 그렇게 생기진 않았죠."

"그렇다고 플라이급 권투선수처럼 나이트클럽에서 주먹질하고 매력적인 구레나룻을 기르고 탱고나 볼레로를 추는 타입도 아니야. 에드워드 G. 로빈슨도 아니고—지금 생각나는 대로 말하는 중일세. 아무튼 캐그니가 맡은 반항적인 택시운전사처럼 수다스럽고 주먹부터 앞세우

* 이 대목에 등장하는 인명은 모두 일세를 풍미한 미국 배우들로, 대부분 무성영화 시대부터 활동했다.

는 배역도 안 어울리겠어.*"

"제가 봐도 그래요."

"윌리엄 파월처럼 능글맞지도 않고, 버디 로저스처럼 다정다감한 풋내기도 아니야. 혹시 색소폰 연주 못하나? 그렇겠지. 하지만—"

"하지만 뭐요?"

"내가 보기에 자네는 조지 래프트 타입이나 윌리엄 파월 타입한테 여자를 빼앗기는 역할이 제격이야. 믿음직스럽고 착실한데도 여자한테 차이는 역할 말이야. 나잇살 먹은 여자들은 그렇게 어리석지 않아. 엄마들은 자네 편이지. 산전수전 다 겪은 아줌마들이 사윗감을 고른다면 단박에 자네를 선택할걸. 자네는 인정 많은 사람이고 그 정도는 아가씨들도 감지하겠지. 가족을 잘 부양할 사람이라는 거. 그런데 아가씨들은 전혀 다른 타입들을 더 좋아한단 말이야. 그건 분명한 사실이지."

윌헬름은 자신이 그런 타입이라고 생각한 적이 없었다. 그리고 옛일을 뒤돌아보며 그는 그날 좀 당혹스러웠을 뿐 아니라 상처도 받았다는 사실을 비로소 깨달았다. 이런 생각이 들었다. 아, 베니스는 그때 벌써 나를 패배자로 낙인찍었구나.

당시 윌헬름은 반쯤 따지듯이 물었다. "저를 그렇게 생각하세요?"

베니스는 설마 그런 역할로라도 스타덤에 오르길 거부하는 사람이 있으리라고 상상도 못한 터였다. "이건 절호의 기회라고. 지금은 고작 대학생인데. 대학에서 뭘 배우지?" 그러더니 손가락을 딱 튕겼다. "다 허접쓰레기잖아." 그 점에 대해서는 윌헬름도 동감이었다. "오십 년쯤

---

* 제임스 캐그니 주연 〈택시〉(1932)에 대한 언급.

죽어라 일하면 그럭저럭 먹고살 만하겠지. 그런데 배우가 되면 단번에 온 세상이 자네를 알게 돼. 루스벨트나 스완슨* 못지않게 유명해진다고. 동부에서 서부까지, 머나먼 중국까지, 남미까지. 허풍이 아니야. 전 세계의 연인이 된다니까. 세상이 원하는 사람, 세상에 필요한 사람. 배우 한 명이 웃으면 10억 명이 따라 웃어. 배우 한 명이 울면 또 10억 명이 흐느끼고. 이봐, 젊은 친구—" 그러면서 베니스는 온몸에 힘을 주고 끙끙거렸다. 어마어마하게 무거운 짐을 졌다고 상상하는 듯했다. 그는 윌헬름도 그 무게를 실감하길 바랐다. 베니스는 둥글넓적하고 깔끔하고 호의적이지만 다소 미련해 보이는 얼굴을—마치 본의 아니게 그런 얼굴 속에 갇혀버린 사람처럼—잔뜩 일그러뜨리며, 지방 때문에 잘 나오지도 않는 목소리를 억지로 쥐어짜며 말했다. "이봐, 어디를 봐도 사람들은 누구나 열심히 일한다고. 아무리 불행하고 걱정스럽고 우울하고 피곤해도 그저 일하고 또 일하지. 그런 사람들한테 어떤 계기가 필요하지 않겠나? 돌파구, 도움의 손길, 행운, 아니면 연민이라도."

"그건 틀림없는 사실이죠." 윌헬름이 말했다. 그는 말뜻을 이해하며 베니스의 다음 말을 기다렸다. 그러나 베니스는 입을 열지 않았다. 이미 결론을 말했기 때문이다. 그는 젤라틴판으로 복사해 스테이플러로 찍어놓은 푸르스름한 대본 몇 장을 윌헬름에게 건네며 스크린테스트 준비를 하라고 말했다. "거울 보면서 대본을 외워보게." 그가 말했다. "마음을 열어야 해. 배역에 몸을 맡기라고. 괜히 겁내지 말고 이런저런 표정을 짓고 감정을 표현해봐. 전심전력을 기울여봐. 일단 연기를 시작

* 영화배우 버디 루스벨트와 글로리아 스완슨.

하면 그때부터는 평범한 사람이 아니니까 쓸데없는 규범 따위에 얽매일 필요는 없어. 보통 사람들처럼 행동하지 않아도 돼."

그리하여 윌헬름은 결국 펜실베이니아주립대학으로 돌아가지 않았다. 룸메이트가 그의 소지품을 뉴욕으로 보내주었고 대학 당국이 상황을 확인하려고 애들러 박사에게 편지를 보냈다.

그랬는데도 윌헬름은 곧장 캘리포니아로 가지 않고 석 달 동안이나 미적거렸다. 기왕이면 가족의 축복을 받으며 출발하고 싶었지만 끝내 그 뜻을 이룰 수 없었다. 부모나 여동생과 말다툼을 벌이기도 했다. 그러다가 자신의 계획이 얼마나 위험한지 충분히 깨달았을 때, 떠나지 말아야 할 이유를 백 가지도 넘게 찾아내고 두려움에 짓눌려 병이 날 지경이 되었을 때, 비로소 집을 나섰다. 과연 윌헬름다운 행동이었다. 그는 오랫동안 고민하고 망설이고 심사숙고한 끝에 하필 무수히 퇴짜를 놓았던 바로 그 방향을 선택하기 일쑤였다. 그의 인생역정은 그런 오판이 열 번이나 거듭된 결과였다. 할리우드로 가는 것은 크나큰 실수라는 결론을 내렸으면서도 결국 그곳으로 향했다. 아내와 결혼하지 않겠다고 결심했으면서도 결국 야반도주를 하다시피 결혼해버렸다. 탬킨 박사와 함께 투자하지 않겠다고 결정했으면서도 결국 수표를 내놓았다.

하지만 그 시절 윌헬름은 하루빨리 인생을 시작하고 싶었다. 대학생활도 인생을 미루는 일에 불과했다. 그럴 때 베니스가 다가와 이 세상이 그의 출현을 갈망한다고 말해주었다. 평범한 사람들의 불안하고 답답한 삶에서 벗어나야 한다고 했다. 더구나 베니스는 그때까지 한 번도 실수한 적이 없다고 주장했다. 재능 있는 사람을 직감적으로 알아보는 안목 하나는 백발백중이라고 했다.

그러나 월헬름의 스크린테스트 결과를 보자마자 베니스의 태도가 돌변했다. 그 무렵 월헬름에게는 일종의 언어장애가 있었다. 말더듬이라고 할 정도는 아니지만 말이 좀 어눌한 편이었는데, 녹음된 소리에서는 더욱 두드러졌다. 영상이 아니면 눈에 띄지 않았을 여러 결점이 드러났다. 예컨대 어깻짓을 할 때마다 양손이 옷소매 속으로 숨어들었다. 가슴은 넓고 불룩했지만 막상 조명을 받으면 그리 튼튼해 보이지 않았다. 본인은 하마 같다고 생각했지만 사실은 곰을 더 많이 닮았다. 걸음걸이도 곰처럼 빠르면서 유연했고, 발끝이 안쪽으로 휘어져 구두가 걸리적거리는 듯했다. 그래도 한 가지만은 베니스의 판단이 옳았다. 월헬름은 역시 사진이 잘 받았고 곱슬곱슬한 금발이 (지금은 희끗희끗하지만) 꽤 멋있어 보였다. 그러나 테스트가 끝난 후 베니스는 월헬름을 더는 격려하지 않았다. 오히려 떼어내려고만 했다. 사실 그는 월헬름을 믿고 모험을 해볼 만한 여유가 없었다. 벌써 실수를 너무 많이 저질러 막강한 친척들을 두려워하며 살아가는 신세였기 때문이다.

월헬름은 부모에게 이렇게 말했다. "베니스가 그러는데 저는 영화배우가 천직이래요." 지금 생각하면 얼마나 부끄러운 거짓말인가! 사실은 제발 자기를 포기하지 말아달라고 베니스에게 애원했다. "저 좀 도와주실 수 없을까요? 이제 와서 학교로 돌아가느니 차라리 죽는 게 낫겠어요."

그리하여 서해안에 도착했을 때 비로소 모리스 베니스의 추천은 오히려 죽음의 입맞춤과 다름없다는 사실을 깨달았다. 베니스야말로 도움과 연민의 손길이 월헬름보다 더 절실한 형편이었다. 몇 년 후 월헬름의 운세가 기울어 로스앤젤레스의 어느 병원에서 잡역부로 일할 때

신문에서 베니스의 사진을 발견했다. 뚜쟁이 노릇을 하다가 기소되었다는 소식이었다. 윌헬름은 이 재판에 관한 기사들을 꼼꼼히 챙겨 보았고, 베니스가 실제로 캐스캐스키아영화사의 직원이긴 했지만 그 연줄을 이용해 콜걸 조직을 만들었다는 사실이 분명해졌다. 그렇다면 나를 어디다 써먹으려고 했던 거야? 당시 윌헬름은 내심 그렇게 외쳤다. 베니스에 대한 너무 흉악한 소문은 차마 믿고 싶지 않았다. 어쩌면 그저 어리석고 운이 나빠 이용만 당한 희생양, 봉, 한마디로 호구였는지도 모른다. 그런 사람에게 15년형이나 선고하다니. 윌헬름은 베니스에게 위로의 편지라도 보낼까 자주 생각했다. 베니스가 운명의 숨결 운운하며 행복하리라 확신하던 일이 떠올랐다. 니타 크리스턴베리는 3년형을 받았다. 이름이 달라졌는데도 윌헬름은 그녀의 얼굴을 알아볼 수 있었다.

그 무렵에는 윌헬름도 다른 이름을 썼다. 캘리포니아로 건너오면서 토미 윌헬름이 되었다. 애들러 박사는 아들의 개명을 인정해주지 않았다. 지난 사십여 년 동안 그랬듯이 요즘도 여전히 윌키라고 부른다. 윌헬름은 흐트러진 신문을 뭉쳐 겨드랑이에 낀 채 생각했다. 그래, 정말 내 마음대로 바꿀 수 있는 건 별로 없지. 폐활량, 담력, 체질, 성격 따위는 고치지 못한다. 어쩔 수 없다. 젊고 튼튼하고 충동적이었을 때는 현실에 만족하지 못하고 자유를 부르짖으며 현실을 뜯어고치려 했다. 그러나 정부를 무너뜨릴 수도 없고 다시 태어날 수도 없었다. 그때는 시야가 너무 좁기도 했고 어쩌면 자신이 결코 근본적으로 달라질 수 없음을 예감했는지도 모른다. 그런데도 일종의 의사표시로 '토미 윌헬름'이 되었다. 윌헬름은 옛날부터 간절히 토미가 되고 싶었기 때문이다. 그러나 자기가 정말 토미라고 믿는 데는 끝내 실패해서 본심은 변함없이 윌키였다. 술에 취하면 자신을 윌키라고 부르며 호되게 꾸짖었다. "바보, 멍청이, 윌키!" 그렇게 소리쳤다. 명실공히 토미로서 성공하지 못해 오히려 다행인지도 모른다고 생각했다. 진정한 성공이 아닐 테니까. 만약 그랬다면 윌헬름은 자신이 아니라 토미가 이룩한 성공이라고, 윌키의 생득권을 빼앗겼다고 생각하며 노심초사했으리라. 그래, 개명은 어리석은 짓이었다. 그러나 그것은 스무 살 나이의 미숙한 판단력을 탓할 일이다. 그는 아버지에게 물려받은 성을 버리는 동시에 아버지의 평가도 내팽개쳤다. 그것이야말로 해방을 향한 발걸음이라고 믿었다. 그의 마음속에서 애들러는 씨족의 호칭이고 토미는 개인의 자유를 상징했기 때문이다. 그러나 윌키라는 자아에서 벗어날 수는 없었다.

중년의 나이가 되면 선택의 자유 따위는 생각하지도 않게 된다. 그때쯤 떠오르는 생각은 따로 있다. 병에 담긴 각설탕이나 백화된 꿀 빛깔의 머리는 어느 할아버지에게 물려받았고, 넓고 두툼한 어깨는 다른 할아버지에게 물려받았고, 특이한 말버릇은 어느 삼촌, 조그마한 치아는 다른 삼촌, 어둠이 흰자위 쪽으로 고르게 퍼져나가는 회색 눈동자는 누구, 페루의 조각상처럼 널찍한 입술은 누구. 주로 유목민이 이렇게 생겼는데, 골격은 어느 민족, 피부색은 다른 민족. 어머니로부터 윌헬름은 감수성, 상냥한 마음씨, 우울한 성격, 그리고 급박한 상황에서 갈팡질팡하는 경향을 물려받았다.

개명은 실수였고 그 점은 기꺼이 인정할 수 있다. 그러나 지금은 그 실수를 되돌릴 수도 없건만 아버지는 왜 자꾸 내 죄를 상기시킬까? 이미 늦어버렸는데. 그 죄를 저질렀던 한심스러운 날로 되돌아가란 말인

가. 그날은 어떻게 되었나? 지나가버렸고 죽어버렸다. 이 치욕적인 기억을 간직해야 하는 사람은 누구지? 아버지가 아니라 나다. 거듭거듭 곱씹을 만큼 좋은 추억은 얼마나 될까? 아주아주 적다. 그러니 용서해야 한다. 자신부터 용서한 다음에 모두를 용서하자. 내 실수 때문에 아버지보다 내가 훨씬 더 많이 괴로워하지 않았던가?

"오, 하느님," 윌헬름은 기도했다. "이 시련에서 구해주소서. 이런저런 고민을 훌훌 털어버리고 더 나은 일을 하도록 도와주십시오. 지금까지 허송세월만 해서 뼈저리게 뉘우치나이다. 부디 이 위기를 무사히 넘기고 다른 삶을 살게 해주세요. 지금 저는 엉망진창이니까요. 자비를 베푸소서."

2장

우편물.

호텔 직원은 우편물을 꺼내주면서도 오늘 아침 윌헬름의 행색에는 아무 관심도 없었다. 편지 다발을 건네는 순간 눈썹 밑에서 눈을 치뜨며 힐끔 쳐다볼 뿐이었다. 호텔 직원들로서는 윌헬름을 깍듯이 모실 필요가 없지 않은가? 그들은 이미 그의 실체를 간파했다. 직원은 자기가 넘겨준 편지 다발 속에 숙박비 청구서가 끼어 있다는 사실을 알았다. 윌헬름은 그런 일에 초연한 듯한 표정을 지었다. 그러나 사실은 심각한 상황이었다. 숙박비를 내려면 증권계좌에서 돈을 인출해야 하는데 라드 가격이 떨어지는 바람에 요주의 계좌가 되었기 때문이다. 〈트리뷴〉에 실린 자료에 따르면 라드 시세는 아직도 작년 평균을 20포인트*나 밑돌았다. 정부가 가격 지원책을 마련했다. 윌헬름은 그런 정책에 어떤 효과가 있는지 전혀 몰랐지만 농부들이 보호받고 증권거래위원회SEC가 시장을 예의주시한다는 정도는 알았고, 그래서 언젠가는 라드 가격이 반등하리라 믿었으므로 아직은 크게 걱정하지 않았다. 그러나 그때까지는 아버지가 호텔 숙박비를 내주겠다고 나설 만도 하지 않은가. 어째서 도와주지 않을까? 너무 이기적인 노인네 아닌가! 아버지는 아들이 어떤 어려움을 겪는지 알았고 마음만 먹으면 얼마든지 도와줄 수 있었다. 아버지에게는 푼돈이지만 윌헬름에게는 거금이 아닌가! 아버지는 인정머리도 없나? 윌헬름은 생각했다. 어쩌면 내가 예전에는 감상에 젖어 아버지의 온정을, 따뜻한 가정생활을 과대평가했는지도 몰라. 실제로는 전혀 그렇지 않았는지도 몰라.

그리 오래되지도 않은 어느 날, 아버지가 평소처럼 상냥하고 명랑한 말투로 말했다. "그래, 윌키, 아주 오랜만에 우리가 다시 한 지붕 밑에서 만났구나."

윌헬름은 잠깐이나마 기뻐했다. 드디어 옛일을 함께 이야기할 수 있겠구나. 그러나 한편으로는 은근한 꾸지람을 경계하기도 했다. 아버지의 속내는 이런 뜻이 아닐까. '네 처와 두 아들이 있는 브루클린 집을 놔두고 왜 하필 내가 있는 이 호텔로 들어왔지? 홀아비도 아니고 독신도 아니면서. 너 때문에 나까지 혼란스럽다. 대체 나한테 뭘 어쩌라는 거냐?'

윌헬름은 그렇게 아버지의 말뜻을 잠시 곱씹은 후 대꾸했다. "사실 이 호텔은 지붕이 26층 위에 있죠. 그런데 이게 얼마 만이죠?"

---

* 시세 등락의 단위.

"내가 묻고 싶은 말이다."

"글쎄요, 아버지, 저도 모르겠어요. 어머니가 돌아가신 해였나요? 그게 몇 년도였죠?"

그는 전혀 모르겠다는 듯이 골든그라임스종 사과 같은 황금빛 얼굴을 찡그리며 그렇게 물었다. 그게 몇 년도였죠라니! 사실은 어머니가 돌아가신 연도는 물론이고 월, 일, 시까지 정확히 알면서도.

"1931년이었나?" 애들러 박사가 말했다.

"아, 그런가요?" 윌헬름이 말했다. 그리고 이 질문에 담긴 슬픔과 밀려드는 실망감을 애써 감추며 부르르 진저리를 치고 머리를 갸우뚱거리고 재빨리 목깃을 만지작거렸다.

"너도 모르니?" 아버지가 말했다. "늙은이는 기억력이 신통찮다는 거 알잖냐. 그래도 겨울이었던 건 확실해. 1932년이었나?"

그래, 나이 탓이다. 쓸데없이 문제삼지 말자. 윌헬름은 그렇게 다짐했다. 이 늙은 의사에게 몇 년도부터 인턴으로 근무했느냐고 물었다면 정확한 대답을 들을 수 있었으리라. 어쨌든 문제삼지 말자. 괜히 아버지와 다투지 말자. 노인이라서 생긴 이런저런 약점을 가엾이 여기자.

"제 기억으로는 아마 1934년일 거예요, 아버지."

그러나 애들러 박사는 벌써 딴생각을 하고 있었다. 저 녀석은 대화 중에도 왜 저렇게 안절부절못하지? 양손을 주머니에 넣고 바지를 올렸다 내렸다 하거나 두 발을 달달 떤다. 그야말로 틱 환자가 따로 없구나. 윌헬름은 마치 황급히 집안으로 들어가면서 현관 매트에 발바닥을 비벼 흙먼지를 털듯이 두 발을 자꾸 비비적거리는 버릇이 있다.

이윽고 윌헬름이 말했다. "네, 그때부터 끝이 시작됐죠. 그렇지 않아요, 아버지?"

빌헬름은 자주 이렇게 애들러 박사를 깜짝깜짝 놀라게 했다. 끝이 시작됐다고? 이건 또 무슨 소린지—무슨 말을 하려고 저러지? 웬 끝? 우리 가정생활의 끝? 노인은 어리둥절했지만 빌헬름에게 불평을 늘어놓을 기회를 주지 않기로 마음먹었다. 빌헬름이 뜬금없는 질문을 던질 때는 상대하지 않는 편이 낫다는 정도는 이미 잘 알기 때문이다. 그래서 사회적 행동요령의 달인답게 흔쾌히 동의해버렸다. "우리 모두한테 몹시 불행한 일이었지."

그러면서 속으로 생각했다. 네 어미가 죽었는데 왜 나한테 투덜거리냐?

두 사람은 얼굴을 마주보고 서서 말없이 자기주장을 내세웠다. 사실이잖아요. 아니지, 끝의 시작은 무슨—뭔가는 끝나버렸잖아요.

빌헬름은 자기가 색다른 행동을 한다는 사실조차 알아차리지 못한 채—늘 하던 일이므로—담뱃불이 붙은 부분을 뜯어내고 나머지는 주머니에 넣었다. 그 속에는 그렇게 모아둔 담배꽁초가 이미 수두룩했다. 그러고 나서 다시 아버지를 바라보았을 때 오른쪽 새끼손가락이 씰룩거리며 떨리기 시작했다. 그러나 그 사실도 미처 깨닫지 못했다.

그런데도 빌헬름은 자기가 마음만 먹으면 전혀 흠잡을 데 없고 심지어 빼어나다고 할 만한 행동거지를 보여줄 수 있다고 믿었다. 어쩌면 아버지보다 더 훌륭하게. 비록 목소리가 좀 탁한 편이지만—그래서 목청을 가다듬느라 같은 말을 여러 번 되풀이할 때는 말더듬이처럼 들리기도 하지만—유창하게 말할 수도 있었다. 그렇지 않았다면 유능한 영업인이 되지 못했으리라. 아울러 남의 말도 잘 들어준다고 스스로 생각했다. 귀를 기울일 때는 입을 굳게 다물고 주의깊게 눈동자만 움직였다. 그러나 금방 싫증이 나서 짧고 소란스럽고 초조하게 숨을 내뱉다가 결국 입을 열기 마련이었다. “아, 그야 그렇죠…… 그래요…… 그래요. 물론 동감입니다.” 어쩔 수 없이 다른 의견을 내놓을 때는 이런 식으로 말했다. “글쎄요, 잘 모르겠네요. 솔직히 저는 그런 식으로 생각하지 않거든요. 그 문제는 결단을 못 내리겠어요.” 의도적으로 남의 감정을 상하게 하는 일은 결코 없었다.

그러나 아버지와 대화를 나눌 때는 자제력을 잃어버리기 일쑤였다. 애들러 박사를 만나기만 하면 무슨 이야기를 하건 대체로 뒷맛이 씁쓸했는데, 특히 가족 문제를 이야기하고 나면 그런 불만이 최고조에 달했다. 표면상으로는 아버지가 날짜를 기억해내도록 도와주려는 듯했지만 정말 하고 싶은 말은 전혀 달랐다. ‘어머니가 돌아가시면서 아버지는 자유를 얻었어요. 그래서 어머니를 잊어버리고 싶으셨겠죠. 아버지는 캐서린도 차라리 떼어버리고 싶을 거예요. 저도 마찬가지고. 아무도 안 속아요.’ 윌헬름은 그런 속내를 전달하려고 노력했지만 아버지는 모르는 체할 뿐이었다. 결국 윌헬름만 전전긍긍하고 아버지는 아랑곳하지도 않는 듯했다.

이윽고 윌헬름은 다시 자신에게 말했다. ‘야! 너는 어린애가 아니잖아. 그 시절에도 어린애는 아니었다고!’ 그는 자신의 커다란, 꼴사나울 정도로 커다랗고 망가져버린 몸뚱이를 내려다보았다. 이미 몸매가 흐트러지기 시작했고 배가 불룩해서 꼭 하마처럼 보인다. 작은아들도 그를 ‘함마’라고 불렀다. 꼬맹이 폴이. 그런데도 윌헬름은 케케묵은 앙심을 버리지 못하고 늙은 아버지와 옥신각신한다. 이제는 이렇게 말해야 하지 않을까. '잘 가라, 청춘아! 잘 가라, 한없이 아름다웠던, 그러나 어리석게 낭비해버린 세월아. 나는 정말 멍청이였다. 지금도 그렇고.'

월헬름은 아직도 이런저런 실수의 대가를 호되게 치르고 있었다. 아내 마거릿이 이혼에 동의하지 않았고, 그녀와 두 아이를 그가 부양해야 했다. 아내는 걸핏하면 이혼해주겠다고 하다가도 이런저런 궁리 끝에 더욱더 까다로운 조건을 새로 내걸기 일쑤였다. 결국 법정에서 명령할 만한 금액보다 많은 돈을 그녀에게 바칠 수밖에 없었다. 오늘 받은 우편물 중에는 예상대로 그녀가 보낸 편지도 있었다. 지난번에는 처음으로 앞수표*를 보냈는데 그 일에 대해 항의하는 편지였다. 그녀는 다음 주까지 내야 하는 아이들 교육보험료 청구서까지 동봉했다. 이 보험은 베벌리힐스에 살던 장모가 들어놓았는데 이 년 전 장모가 세상을 떠난 후 월헬름이 보험료를 낼 수밖에 없었다. 장모님은 왜 그런 일까지 참견이냐고! 내 새끼들은 내가 알아서 보살폈고 앞으로도 그럴 텐데. 그는 신탁자금을 마련할 생각이었다. 그러나 그것은 수입이 일정할 때 세웠던 계획이다. 돈 문제로 골머리를 앓는 지금은 미래를 다시 설계해야 한다. 당장 눈앞에도 청구서가 몇 장이나 쌓였다. 그는 청구서 두 장에 가지런히 구멍을 뚫어 표시한 금액을 들여다보며 보험회사는 물론이고 청구서를 찍어낸 IBM 장비까지 저주했다. 머릿속과 가슴속이 분노로 가득차 답답하다. 누구나 돈이 남아도는 줄 아는지. 보험회사는 남의 사정 따위는 아랑곳하지 않는다. 잡지마다 장례식 사진을 실어 호구들에게 겁을 주면서 이렇게 작은 구멍을 뻥뻥 뚫어 보내면 가입자들은

* 실제 발행일 이후의 날짜를 발행일로 정하는 수표.

돈 마련할 궁리를 하느라 뜬눈으로 밤을 지샌다. 돈이 없으면 다들 부끄러워한다. 큰 회사를 실망시킬 수 없어 어떻게든 돈을 마련한다. 옛날에는 사람이 빚을 지면 감옥으로 보냈지만 요즘은 더 교묘한 방법을 쓴다. 돈 없는 상황을 수치스럽게 만들어 누구나 일하러 나가게 한다.

그건 그렇고, 마거릿이 또 뭘 보냈지? 엄지로 봉투를 북북 찢으며 혹시 청구서가 더 나오면 그대로 돌려보내리라 다짐했다. 다행히 청구서는 없었다. 그는 구멍 뚫린 청구서 두 장을 주머니에 넣었다. 마거릿은 내가 벼랑 끝에 몰렸다는 사실조차 모른단 말인가? 당연히 알겠지. 지금이 절호의 기회라는 것을 본능적으로 알아차렸으니까 이렇게 나를 달달 볶지.

그는 식당으로 들어갔다. 오스트리아헝가리제국 출신의 글로리아나 호텔 경영자가 직영하는 곳이다. 그래서 유럽 식당처럼 영업한다. 과자류가 훌륭한데 특히 스트루들*이 맛있다. 윌헬름도 오후에 커피를 마실 때 사과 스트루들을 곁들이는 날이 많았다.

식당에 들어서자마자 그는 반대쪽 끄트머리의 양지바른 창가에 앉은 아버지의 작은 머리를 발견했고 또박또박한 목소리도 들었다. 윌헬름은 야릇하게 위태로운 표정을 머금은 채 식당을 가로질러 걸어갔다.

애들러 박사는 브로드웨이 너머로 허드슨강과 뉴저지까지 한눈에 내다볼 수 있는 구석자리를 좋아했다. 길 건너에는 금색과 보라색 모자이크 기둥이 늘어선 초현대식 카페테리아도 있다. 건물 2층에는 사설 탐정 교육원, 치과 기공실, 몸매 관리실, 재향군인회, 히브리어 학원 등

* 과일, 치즈 등을 얇은 밀가루 반죽에 싸서 구운 과자.

이 입주했다. 아버지는 딸기에 설탕을 치는 중이었다. 햇빛이 좀 흐릿한 편인데도 물잔들이 하얀 식탁보에 작은 굴렁쇠 모양의 빛을 뿌렸다. 초여름이라 긴 창문을 안으로 당겨 열어놓았다. 창유리에 나방 한 마리가 붙었다. 창틀은 퍼티가 군데군데 끊어지고 흰색 에나멜 도장이 쭈글쭈글하다.

“하, 윌키.” 늦게 나타난 아들에게 아버지가 말했다. “우리 호텔에 사는 펄스 씨 만난 적 없지? 15층에 계시는 분이야.”

“안녕하십니까.” 윌헬름이 말했다. 그러나 낯선 사람이 달갑지 않아 당장 허물을 찾기 시작했다. 펄스 씨는 끄트머리에 고무가 달린 무거운 지팡이를 가지고 있었다. 염색한 머리, 앙상한 이마—그렇다고 편견을 품을 이유는 없다. 애들러 박사가 아들과 단둘이 아침식사를 하지 않으려고 펄스 씨를 이용했지만 그것도 펄스 씨를 탓할 일은 아니다. 그런데도 윌헬름의 마음속에서는 볼멘소리가 들려왔다. ‘말라비틀어진 청어 대가리처럼 생긴 이 작자는 또 누구야? 꼴에 머리는 염색했지만 이는 생선 이빨처럼 뾰족뾰족하고 콧수염에서는 물이 뚝뚝 떨어지는군. 아버지가 또 독일인 친구를 사귀신 모양이네. 어디서 저런 떨거지들을 주워모으실까? 이빨에 씌운 저건 또 뭐야? 내 살다 살다 저렇게 뾰족한 치관은 처음 보네. 스테인리스일까, 아니면 무슨 은 합금일까? 아무튼 사람 얼굴이 어쩌다 저런 꼬락서니가 돼버렸을까. 아으!’ 윌헬름은 미간이 넓은 회색 눈으로 그 사람을 응시하며 자리에 앉았고, 그러자 스포츠재킷을 걸친 널찍한 등이 더욱 구부정해졌다. 그는 부탁이 있다는 표시로 맞잡은 두 손을 테이블에 올려놓았다. 그러나 곧 펄스 씨에게 조금은 연민을 느꼈다. 치아 상태부터 문제였다. 저런 치관 하나를 씌울 때마다 이를 뿌리까지 바짝 갈아버렸을 텐데, 인간이 한평생 느끼는 고통 중 치아 때문에 겪는 고통은 전체의 2퍼센트에 불과하다지만 이 사람은 독일을 탈출해야 했고, 게다가 웃을 때 생기는 주름살과는 확연히 다르게 찡그릴 때 생기는 주름살이 저렇게 깊어진 이유까지 상상해보면 그 역시 만만찮은 고통을 견뎌냈을 터였다.

"펄스 씨는 양말 도매상을 하던 분이지." 애들러 박사가 말했다.

"영업을 한다는 그 아드님인가요?" 펄스 씨가 물었다.

애들러 박사가 대답했다. "아들이라고는 이 녀석뿐이죠. 딸내미도 하나뿐이고. 걔는 결혼하기 전에 의료계에서 일했어요. 마취과였죠. 한때는 마운트시나이병원에서 요직을 맡기도 했고."

아버지는 자식들 이야기를 할 때마다 자랑을 늘어놓았다. 월헬름이 보기에는 자랑할 일도 별로 없건만. 여동생 캐서린도 월헬름처럼 몸집이 크고 금발이었다. 법원 서기와 결혼했는데 남편은 직장에서 많이 힘들어했다. 그녀에게도 예명이 있는데 필리파였다. 나이가 마흔인데 아직도 화가가 되겠다는 야망을 버리지 못했다. 월헬름은 감히 그녀의 작품을 비판하려들지 않았다. 별로 감흥을 못 느낀다고 말하기는 했지만 그 역시 비평가는 아니었다. 어차피 남매 사이가 좋지 않은 편이라 동생의 그림을 구경할 기회도 많지 않았다. 그녀는 매우 열심히 노력했지만 뉴욕만 해도 붓과 물감을 만지는 사람이 5만 명은 넘을 텐데 사실상 저마다 저 잘난 맛에 산다. 뉴욕은 미술계의 바벨탑과 다름없다. 그러나 그는 이런 이야기를 길게 늘어놓고 싶지 않았다. 안 그래도 골칫거리가 차고 넘치니까.

애들러 박사는 월헬름이 오늘따라 유난히 단정치 못하다고 생각했다. 게다가 담배를 너무 많이 피웠는지 두 눈이 빨갛게 충혈되어 피곤해 보인다. 입으로 숨을 쉬며 충혈된 눈으로 상스럽게 두리번거리는 등 심란한 기색이 역력하다. 늘 그랬듯이 목깃은 비를 맞고 다닌 사람처럼 빳빳이 세웠다. 볼일 때문에 외출하는 날은 그나마 차림새에 신경을 쓰는 편이지만 그렇지 않은 날은 저렇게 탁 풀어져 꼬락서니가 가관이다.

"왜 그러냐, 윌키, 간밤에 잠도 안 잤냐?"

"많이는 못 잤어요."

"너는 온갖 약을 너무 많이 먹어서 탈이야. 각성제를 먹은 다음에 진정제를 먹고, 진통제를 먹은 다음에 강장제를 먹고, 결국 불쌍한 몸뚱이는 뭐가 뭔지 몰라 쩔쩔매지. 그러면 루미날을 먹어도 잠이 안 오고 페르비틴이나 벤제드린을 먹어도 잠이 안 깨는 거야. 어떻게 될지 모른다고! 그런 약은 독약 못지않게 심각한데도 너나없이 맹신한다니까."

"아뇨, 아버지, 약 때문이 아니에요. 이젠 뉴욕이 예전처럼 익숙하지 않아서 그래요. 토박이가 이러다니 정말 희한하죠? 옛날에는 밤마다 이렇게까지 시끄럽진 않았는데 지금은 사소한 일 하나하나가 다 거슬려요. 가변식 주차* 문제만 해도 그래요. 아침마다 여덟시 전에 뛰쳐나가 차를 옮겨야 하잖아요. 주차할 자리가 많기나 해요? 깜박 잊고 일 분만 늦어도 견인해버리기 일쑤죠. 그러다가 어느 얼간이가 앞유리 와이퍼 밑에 광고지라도 꽂아놨을 때는 멀리서 보면 주차위반 딱지인 줄 알고 심장이 멎어버릴 지경이죠. 일단 딱지를 받으면 이의 제기도 소용없어요. 법정에 가도 승산이 없고 시청은 돈벌이에 혈안이 됐으니."

* 청소 등을 위해 날짜와 시간에 따라 한쪽 도로변을 비워야 한다.

“그래도 직업상 자네한테는 차가 꼭 필요하겠지?” 펄스 씨가 물었다.

“정신병자가 아니고서야 이 도시에서 생계에 필요하지도 않은 차를 왜들 끌고 다니는지 모를 일이죠.”

윌헬름은 낡은 폰티액을 도로변에 세워놓았다. 예전에는 회사에서 주차비를 지원했으므로 언제나 주차장을 이용했다. 지금은 주차 자리를 못 찾을까봐 리버사이드 드라이브에서 차를 빼기가 무서울 지경이라, 에비츠필드야구장에서 다저스팀 경기가 열리는 토요일에만 아이들을 태우고 차를 몰았다. 다저스팀이 원정경기를 나갔던 지난 일요일에는 어머니 묘소에 다녀왔다.

애들러 박사는 함께 가지 않았다. 그는 아들의 운전 습관을 참아내지 못했다. 윌헬름은 2단 기어를 넣은 채 깜박 잊고 몇 마일이나 달리기 일쑤인데다 차선도 제대로 지키지 않고 방향지시등도 켜지 않고 신호등도 눈여겨보지 않았다. 게다가 폰티액의 좌석은 기름때와 담뱃재로 얼룩져 지저분했다. 재떨이 안에서도 담배꽁초가 지글지글 타고, 그의 손에도 담배 한 개비가 있고, 바닥에도 지도와 휴지와 콜라병 따위와 함께 담배꽁초가 굴러다녔다. 그는 운전석에 앉아서도 공상에 빠져들거나 말다툼을 벌이거나 마구 손짓을 했고, 그래서 늙은 의사는 아들이 운전하는 차를 타기 싫어했다.

묘소에서 돌아올 때 윌헬름은 화가 난 상태였다. 어머니 무덤과 할머니 무덤 사이에 있는 돌 벤치를 어떤 놈들이 때려부수고 뒤집어놓았기 때문이다. “빌어먹을 십대 불량배들이 점점 더 극성이에요. 아니, 멀쩡한 벤치를 그렇게 두 동강 내버리다니, 보나마나 큰 쇠망치를 썼을 거예요. 어느 놈이든 내 손에 잡히기만 하면!” 그는 아버지가 새 벤치값을 내놓길 바랐지만 아버지는 냉담한 반응을 보였다. 그러면서 자신은 화장을 원한다고 했다.

펄스 씨가 말했다. "자네 방에서는 잠을 못 자는 것도 무리가 아니지." 가는귀라도 먹었는지 목소리가 꽤 컸다. "성악선생 파리기가 그 층에 살지 않나? 맙소사, 이 호텔은 괴짜가 너무 많다니까. 개와 고양이를 잔뜩 키우는 에스토니아 여자는 몇 층이더라? 그 여자는 오래전에 내쫓았어야 했는데."

"12층으로 내려보냈다고 하던데요." 애들러 박사가 말했다.

윌헬름은 아침식사와 함께 코카콜라 대짜를 주문했다. 남몰래 주머니 속 작은 약봉지들을 더듬어 알약 두 개를 찾아냈다. 걸핏하면 만지작거린 탓에 종이가 흐느적거렸다. 냅킨으로 가려가며 유니캡*과 진정제 페나펜을 삼켰지만 눈치 빠른 아버지가 캐물었다. "윌키, 이번엔 또 무슨 약이냐?"

"그냥 비타민이에요." 그는 등뒤의 테이블에 놓인 재떨이에 시가꽁초를 버렸다. 아버지가 담배 냄새를 싫어하기 때문이다. 그러고 나서 콜라를 마셨다.

"아침부터 오렌지주스가 아니라 콜라를 마시나?" 펄스 씨가 물었다. 윌헬름에게 조금 빈정거려도 애들러 박사의 눈 밖에 날 일은 없다는 것을 알아차린 모양이다.

"카페인은 두뇌활동을 자극하죠." 늙은 의사가 말했다. "호흡중추에도 온갖 증상을 일으키고."

* 종합비타민제.

"사실은 그냥 길바닥을 떠돌다 생긴 버릇입니다." 윌헬름이 말했다. "운전을 오래하면 머리든 위장이든 모조리 뒤죽박죽이 돼버리거든요."

그러자 아버지가 설명을 덧붙였다. "윌키는 로잭스주식회사에 다녔어요. 동북부 판매담당으로 꽤 오래 일하다가 최근에 그만뒀죠."

"그렇습니다." 윌헬름이 말했다. "전쟁 직후부터 거기서 일했죠." 그는 콜라를 마신 후 얼음을 씹으며 두 사람을 번갈아 바라보았다. 조금 불안정하긴 해도 넉넉하고 참을성 있고 당당한 태도였다. 웨이트리스가 삶은 달걀 두 개를 윌헬름 앞에 내려놓았다.

"로잭스주식회사는 어떤 물건을 만들지?" 펄스 씨가 물었다.

"아동용 가구류예요. 소형 의자, 흔들의자, 책상, 정글짐, 미끄럼틀, 그네, 시소 등등."

구체적인 설명은 아버지에게 맡겨버렸다. 윌헬름은 널찍한 등을 꼿꼿이 펴고 참을성 있게 기다리려 했지만 두 발이 이상할 정도로 안절부절못했다. 알겠습니다! 아버지는 펄스 씨한테 깊은 인상을 심어주고 싶단 말씀이죠? 이번에도 아버지 뜻대로 연기를 해드리죠. 좋아요! 아버지 체면이 구겨지지 않도록 협력할게요. 체면을 무엇보다 중요시하시잖아요. 좋습니다!

"저는 로잭스주식회사에 십 년 가까이 근무했습니다." 윌헬름이 말했다. "그런데 회사에서 제 담당구역을 쪼개자고 해서 그만둬버렸죠. 웬 사위 녀석을 사업에 끌어들였는데—아예 초짜였어요. 그놈이 내놓은 발상이었죠."

그러면서 속으로 생각했다. 내가 왜 저 꼴사나운 영감한테 내 인생을 낱낱이 털어놓는지 도대체 알다가도 모르겠네. 남들은 아무도 이러지 않을 텐데. 다들 자기 일은 남한테 얘기하지 않잖아. 나만 이러지.

그가 말을 이었다. "회사에서는 저 혼자 맡기에는 구역이 너무 넓다는 핑계를 대더군요. 제가 그 구역을 독점했다면서요. 사실이 아니었어요. 진짜 이유는 저한테 회사 중역 자리를 내줘야 할 때가 됐기 때문이죠. 부사장 자리 말입니다. 다음이 제 차례였는데 그 사위 녀석이 가로채버렸고, 그래서—"

이때 윌헬름이 지나치게 노골적으로 불만을 드러낸다 싶었는지 애들러 박사가 끼어들었다. "제 아들 연봉이 다섯 자릿수까지 올라갔었죠."

돈 이야기가 나오자 펄스 씨의 목소리가 더 커지고 간절해졌다. "그래요? 세율 32퍼센트 소득층이었단 말이에요? 아니면 더 고소득이었나요?" 그러면서 대강의 액수라도 말해달라고 했는데, 그저 궁금해서 물어보는 정도가 아니라 얼싸안을 듯이 의욕적으로 금액을 차례차례 읊어댔다. 아으! 윌헬름은 생각했다. 다들 돈이라면 환장하는구나. 누구나 돈을 숭배하지! 거룩한 돈! 아름다운 돈! 요즘은 다들 돈 말고는 아무 생각도 못한다. 돈 없는 놈은 바보천치다! 지구상에서 사라져버려야 한다. 돈의 횡포! 그렇게 말할 수밖에 없다. 세상은 그렇게 돌아간다. 이 쳇바퀴에서 벗어날 수만 있다면 얼마나 좋을까.

그런 생각을 하니 또 울화가 치민다. 이대로 가면 노발대발하기 십상이다. 그래서 말을 멈추고 먹기 시작했다.

숟가락으로 달걀을 깨뜨리기 전에 냅킨으로 껍데기의 물기를 닦아냈다. 그러고 나서 달걀을 (아버지가 보기에는) 필요 이상으로 세게 두드렸다. 껍데기를 벗겨내자 달걀흰자에 희미한 손자국이 남았다. 애들러 박사는 그 꼴을 보고 내심 질색했다. 윌키 저 녀석은 도대체 왜 저러는지 모르겠다니까! 아니, 아침에 일어나 손 한 번도 안 씻다니. 손에 물 묻히기 싫어 전기면도기를 쓸 정도니까. 의사는 윌키의 지저분한 생활습관을 도저히 참아낼 수 없었다. 딱 한 번 아들의 호텔방에 가본 적이 있는데 두 번 다시 안 가겠다고 굳게 다짐했다. 윌헬름은 파자마 바람에 양말을 신고 침대에 앉아 있었는데, 커피 머그잔에 진을 따라 마시며 텔레비전에 나오는 다저스팀을 응원하는 중이었다. "투 스트라이크 투 볼이야, 듀크. 자—지금이야, 때려." 그는 매트리스를 세차게 내리쳤다. 쾅! 침대가 박살나버릴 듯했다. 그러더니 차를 마시듯이 진을 퍼마시고 주먹을 휘둘러가며 자기 팀을 다그쳤다. 옷에서 지독한 악취가 진동했다. 침대 옆에는 불면의 시간을 함께 보낸 1리터들이 술병, 시시껄렁한 잡지, 추리소설 따위가 나뒹굴었다. 윌헬름은 야만인보다도 불결하게 살았다. 애들러 박사가 이 문제를 지적하자 윌헬름이 대꾸했다. "이것저것 챙겨줄 마누라가 없어서 그래요." 도대체 집 나온 놈이 누구냐? 누구냐고! 마거릿이 아니잖아. 의사는 며느리도 윌헬름이 집으로 돌아오길 바란다고 믿었다.

윌헬름은 떨리는 손으로 커피를 마셨다. 혹사당해 충혈된 회색 눈이 통통한 얼굴에서 이리저리 움직였다. 그는 갑자기 커피잔을 내려놓고 반쯤 남은 담배를 입에 물었다. 마치 시가를 물듯이 앞니로 물고 있는 듯했다.

"회사가 그런 짓을 했는데 이대로 넘어갈 수는 없죠." 윌헬름이 말했다. "도덕적인 문제니까요."

그러자 아버지가 잘못을 지적했다. "도의적인 문제라는 거지, 윌키?"

"그런 의미도 있어요. 저로서는 자구책을 마련해야 했어요. 회사에서 중역 자리를 주겠다고 했었거든요." 낯선 사람 앞에서 지적을 당하다니 굴욕적이었다. 짙은 황금빛 얼굴에서 핏기가 가셨다가 이내 어두워졌다. 윌헬름은 펄스 씨를 향해 말을 이어가면서도 슬쩍슬쩍 아버지 눈치를 살폈다. "그 구역은 처음부터 제가 개척했어요. 마음만 먹으면 경쟁사에 들어가서 그쪽 고객들을 빼낼 수도 있어요. 아니, 제 고객들이죠. 회사가 제 믿음을 저버렸으니 도덕적인 문제라는 거예요."

"같은 고객들한테 다른 회사 제품을 권하겠다고?" 펄스 씨가 의아하게 여겼다.

"못할 이유도 없잖아요? 로잭스 제품에 어떤 문제점이 있는지 다 아는데 말입니다."

"터무니없는 소리." 아버지가 말했다. "터무니없고 유치한 소리야. 그런 짓을 하면 말썽이 생기거나 망신을 당할 뿐이야. 그렇게 쓸데없이 싸움질을 벌여봤자 무슨 이득이 있겠냐? 어떻게든 생계를 마련하고 네 책임을 다할 궁리부터 해야지."

윌헬름이 분하고 억울해서 자존심을 드러내며 말하는 동안 그의 두 발은 노발대발하여 테이블 밑에서 이리저리 움직였다. "제 책임은 굳이 말씀 안 하셔도 잘 알아요. 지금까지 모든 책임을 이행했어요. 이십 년 넘도록 남한테 단 한 푼도 도움을 받은 적이 없죠. 차라리 공공사업국 인부로 나가 도랑을 팔지언정 남한테 제 책임을 떠맡긴 적도 없고."

"윌키는 별의별 일을 다 해봤죠." 애들러 박사가 말했다.

늙은 의사는 잘 익은 살구처럼 안색이 발그레하고 피부도 아주 깨끗했다. 다만 귓가에 주름살이 깊이 새겨진 건 뼈를 둘러싼 살갗이 너무 팽팽한 탓이었다. 체구가 아담한 이 노인은 건강하고 정정해서 아직도 힘이 넘친다. 오늘은 밝은 격자무늬가 찍힌 흰색 조끼를 입었다. 조끼 주머니에는 보청기가 들었다. 가슴을 가린 셔츠는 빨간색과 검은색 줄무늬가 그려진 색다른 물건이다. 그는 더 북쪽에 있는 시내 대학가 상점에서 옷을 산다. 윌헬름은 아버지가 경마장 기수처럼 차려입다니 의사로서 체통 없는 행동이라고 생각했다.

펄스 씨가 말했다. "그래, 자네 심정은 이해하네. 끝까지 싸우고 싶겠지. 나이도 웬만큼 먹었는데 갑자기 처음부터 다시 시작해야 한다면 그리 달가울 리 없으니까. 물론 유능한 사람은 언제든 거뜬히 해내겠지만. 어쨌든 자네가 이미 잘 아는 사업을 계속하는 편이 낫지. 그러면 거래처를 일일이 새로 뚫을 필요도 없고."

윌헬름은 다시 생각했다. 왜 하필 나와 내 인생에 관해 얘기해야 하지? 저 사람과 저 사람 인생에 관해 얘기해도 되잖아? 하지만 저 사람은 절대로 허용하지 않겠지. 내가 멍청해서 그래. 도무지 감추는 게 없잖아. 이렇게 당해도 싸. 주절주절 지껄이니까. 다 내가 자청한 일이지. 누구나 친밀한 대화를 원하지만 똑똑한 놈들은 속내를 드러내지 않고 바보들만 술술 떠벌린다. 똑똑한 놈들은 그런 바보들에 대해 친밀한 대화를 나누며 그들을 유심히 관찰하고 조언을 한다. 나는 왜 이런 상황을 허용했을까? 펄스 씨가 내 나이를 들먹였을 때는 불쾌했다. 그래, 이제 한창때는 지났다는 사실을 인정할 수밖에 없지. 사람의 형편은 이래저래 드러나기 마련이다.

애들러 박사가 말했다. "윌키는 당분간 좀 쉬면서 여기저기서 받은 제안을 신중하게 생각해보는 중입니다. 안 그러냐?"

"대충 그렇죠." 윌헬름이 대답했다. 그는 아버지가 당신을 향한 펄스 씨의 존경심을 차근차근 키워가도록 내버려두었다. 괜히 공공사업국 도랑 이야기를 꺼내 집안 망신을 자초했기 때문이다. 윌헬름은 좀 피곤했다. 삶의 이런저런 근심 걱정이 무슨 퇴적물처럼, 짐처럼, 혹덩어리처럼 마음을 짓눌렀다. 주위가 조용할 때, 지독한 피로 때문에 더는 발버둥칠 수도 없을 때, 그는 종종 이렇게 불가사의한 중압감을 느꼈다. 일일이 말할 수 없는 온갖 일이 차곡차곡 쌓여 만들어진 이 무게를 한평생 짊어지고 다녀야 한다. 그것이 인간의 숙명이겠지. 이 덩치 크고 우스꽝스럽고 들뜨고 뚱뚱하고 희멀끔하고 퉁명스러운 인간이, 윌헬름이든 토미든, 지금, 여기서, 현재를 살아간다. 탬킨 박사가 그의 마음속에 이 순간에 대해, 지금 여기에 대해 수많은 생각을 심어놓았다. 이 윌키 또는 토미 윌헬름, 마흔네 살, 두 아들의 아버지, 현재 글로리아나 호텔에 사는 이 사람은 자신이라는, 남다른 자아라는 짐을 결코 내려놓을 수 없다. 이 짐의 값어치는 숫자로 환산하거나 평가할 수 없다. 그러나 토미 윌헬름 본인은 아마도 자신을 과대평가하는 듯싶다. 그는 꿈을 좇는 생물이다. 그러므로 자신의 존재이유를 스스로 알 수 있다는 믿음이 필요하다. 그런데도 그 이유를 알아내려고 진지하게 노력해본 적은 없다.

펄스 씨가 말했다. "아드님이 생각을 정리하고 휴식할 시간이 필요하다면 당분간 플로리다로 내려가는 게 어떨까요? 성수기가 아니라서 저렴하고 조용할 텐데. 동화의 나라 같죠. 요즘 망고가 제철이에요. 저도 거기에 땅이 2에이커쯤 있거든요. 거기 가면 인도에 간 듯한 기분이 들죠."

펄스 씨가 외국어 억양으로 동화의 나라 같다고 말했을 때 윌헬름은 정말 깜짝 놀랐다. 망고—인도? 무슨 소리야, 인도라니?

윌헬름이 말했다. "언젠가 제가 쿠바에 있는 어느 대형 호텔 홍보활동을 맡아서 한 적이 있죠. 레너드 라이언스* 칼럼 같은 데서 그 호텔을 소개하게 해주면 거기서 공짜로 휴가를 즐길 수도 있을 거예요. 휴가를 다녀온 지 오래되기도 했고, 그동안 너무 힘들었으니 좀 쉬는 것도 나쁘지 않겠네요. 아버지도 아시잖아요." 이 말은 이번 위기가 얼마나 심각한지 아버지도 안다는 뜻이었다. 돈 때문에 얼마나 절박한 상황인지도 알고, 지금은 쉬고 싶어도 쉴 수 없지만 자칫 실수하면 끝장이라는 것도 알고, 이런저런 책임 때문에 무너져버릴 지경이라는 것도 안다. 머뭇거릴 여유 따위는 없다. 그는 생각했다. 그놈의 돈! 돈이 있을 때는 펑펑 쓰며 살았지. 다들 내 돈을 마구 뜯어갔어. 나는 돈을 피처럼 철철 흘렸고. 그런데 이제 거의 다 떨어졌으니 어디 가서 돈을 구해야 하지?

그가 말했다. "아버지, 사실 저는 지칠 대로 지쳐버렸어요."

그러나 펄스 씨는 오히려 웃으며 말했다. "탬킨 박사한테 들었는데 자네와 공동으로 무슨 투자를 하기로 했다더군."

"아시다시피 아주 영리한 사람이죠." 애들러 박사가 말했다. "그 사람 얘기를 들어보면 정말 흥미진진해요. 진짜 의학박사인지는 모르겠지만."

"아닌가요?" 펄스 씨가 말했다. "다들 그렇게 생각하던데요. 본인도 환자들 얘기를 하고, 처방전도 써주지 않나요?"

---

* 주로 〈뉴욕 포스트〉에 기고했던 미국 칼럼니스트.

"그 사람이 어떤 일을 하는지는 저도 모릅니다." 애들러 박사가 말했다. "약삭빠른 사람이죠."

"심리학자예요, 제가 알기로는." 윌헬름이 말했다.

"도대체 어떤 심리학자인지 정신분석학자인지 모르겠더라." 아버지가 말했다. "좀 모호한 데가 있는 사람이야. 요즘은 그쪽 계통이 큰 사업으로 발전했고 비용도 굉장히 비싸졌어. 누구든 그런 진료비를 감당하려면 돈벌이 하나는 짭짤해야겠지. 아무튼 탬킨은 똑똑한 사람이야. 여기서는 환자를 받는다고 말한 적이 없지만 캘리포니아에서는 의사 노릇을 했을 거야. 그 동네는 이런 분야를 다루는 법규가 변변찮은데다 듣자니 로스앤젤레스에 있는 어느 통신학교에 천 달러만 내면 학위까지 받을 수 있다더라. 탬킨이 화학도 좀 아는 듯싶긴 해. 최면술 같은 것도 그렇고. 그래도 나는 그 사람 안 믿는다."

"왜요?" 윌헬름이 물었다.

"거짓말쟁이 같으니까. 너는 그 사람이 이것저것 발명했다는 말을 다 믿냐?"

그러자 펄스 씨가 빙그레 웃었다.

"〈포춘〉에 그분에 관한 기사가 실렸던데요." 윌헬름이 말했다. "네, 잡지 〈포춘〉 말이에요. 그분이 그 기사를 보여줬어요. 여기저기서 오려낸 기사를 훑어봤죠."

"그렇다고 그 사람이 진짜라는 증거는 아니지." 애들러 박사가 말했다. "동명이인 탬킨일 수도 있으니까. 그 사람은 사기꾼이 틀림없어. 미치광이일지도 몰라."

"미치광이라고요?"

그때 펄스 씨가 끼어들었다. "미치광이인 동시에 제정신일 수도 있죠. 요즘은 누가 어떤 사람이라고 확신할 수도 없는 시대잖아요."

"트럭운전사가 모자에 달고 다니는 전기장치." 애들러 박사는 탬킨이 설명한 발명품 이야기를 꺼냈다. "졸음운전을 하면 전기충격으로 깨워준다나. 졸기 시작할 때 혈압변화를 감지하고 작동한다죠."

"아주 터무니없는 얘기는 아닌 것 같은데요." 윌헬름이 말했다.

펄스 씨가 말했다. "나한테는 핵폭탄이 터졌을 때 허드슨강을 따라 걸어갈 수 있는 잠수복 얘기를 하더군요. 그 옷만 있으면 곧장 올버니*까지 걸어갈 수 있다던데요."

"하, 하, 하, 하, 하!" 애들러 박사가 노인의 목소리로 웃었다. "탬킨다운 헛소리네요. 그 옷만 있으면 나이아가라폭포 밑에서 캠핑도 할 수 있겠군요."

"그분다운 공상이죠." 윌헬름이 말했다. "별일 아니에요. 발명가라면 으레 그래야죠. 저도 가끔 신기한 발상을 하거든요. 누구나 뭔가를 만들고 싶어하죠. 미국인은 다 그래요."

그러나 아버지는 그의 말을 무시해버리고 펄스에게 말했다. "그 사람이 또 어떤 발명품 얘기를 합디까?"

서커스단 원숭이처럼 꼴사나운 줄무늬 셔츠를 입은 아버지와 말라비틀어진 펄스 씨가 깔깔거리며 웃어댈 때는 윌헬름도 도저히 참을 수 없어 헐떡거리는 듯한 폭소를 터뜨렸다. 그러나 내심 절망감을 느꼈다. 지금 그들이 비웃는 바로 그 사람에게 윌헬름은 마지막 남은 전 재산

* 뉴욕주 주도. 허드슨강 상류에 있으며 뉴욕시에서 북쪽으로 약 220킬로미터 지점이다.

700달러를 선물시장에 투자하라고 위임했기 때문이다. 그들은 그 돈으로 라드를 사들였다. 오늘은 시세가 꼭 올라야 한다. 열시쯤, 늦어도 열시 반쯤에는 거래가 활발해질 테고 그때 비로소 결과를 알게 되리라.

3장

키가 후리후리한 펄스 씨의 모습이 눈부신 햇살을 받으며 새하얀 식탁보와 유리컵과 반짝거리는 은붙이 사이를 지나 어둑어둑한 로비 쪽으로 사라져갔다. 그는 지팡이로 바닥을 밀어가며 가죽 뒤축을 붙인 큼직한 구두를 질질 끌었다. 윌헬름이 펄스 씨의 수난사를 짐작해볼 때는 미처 고려하지 못했던 모습이다. 애들러 박사도 펄스 씨에 관한 이야기를 꺼냈다. "불쌍한 사람이야. 뼈가 약해서 자꾸 무너져가지."

"진행성 질환인가요?" 윌헬름이 물었다.

"중증이야." 의사가 대답했다. "나는 저렇게 심각한 병이 아니면 연민을 못 느끼게 돼버렸어. 저 펄스야말로 내가 아는 누구보다 동정할 만한 사람이야."

윌헬름은 아버지가 자신에게 미리 귀띔하는 말이라는 사실을 알아차리고 선불리 왈가왈부하지 않았다. 그저 먹고 또 먹었다. 서두르지는 않았지만 꾸준히 음식을 접시에 덜어가며 머핀을 다 먹고 아버지가 남긴 딸기를 먹고 몇 조각 남은 베이컨까지 깨끗이 먹어치웠다. 커피도 몇 잔이나 마셨고, 마침내 식사가 끝난 뒤에는 다음에 무엇을 해야 좋을지 모르는 거인처럼 미동도 없이 우두커니 앉아 있었다.

아버지와 아들은 평소와 다르게 한동안 침묵을 지켰다. 애들러 박사를 기쁘게 해주려 했던 윌헬름의 다짐은 모두 실패로 끝나버렸다. 노인은 줄곧 이런 생각만 하고 있었다. 저 녀석이 깨끗한 환경에서 자랐다는 건 아무도 모르겠지. 하나뿐인 아들 녀석이 저렇게 지저분하다니. 어째서 외모를 좀 가꾸려고 하지 않을까? 왜 저런 꼴로 돌아다니지? 그러면서 꽤나 이상주의자인 체한단 말이야.

윌헬름은 산더미처럼 앉아 있었다. 사실 아버지의 생각만큼 꾀죄죄한 꼬락서니는 아니었다. 어떤 부분은 꽤 우아하다고 할 만했다. 입은 좀 큰 편이지만 윤곽이 잘 다듬어졌고, 눈썹과 살짝 안으로 굽은 콧등에는 기품이 서렸고, 금발에는 새치도 섞였지만 금색이나 밤색 머리도 많이 남아 있었다. 로잭스주식회사에 다닐 때 윌헬름은 록스버리에 아담한 셋방을 마련했는데, 작은 포치와 정원이 딸린 넓은 집에서 방 두 개를 빌려 썼고, 오늘 같은 늦봄 날씨에는 오전에 시간 여유가 생길 때마다 등나무의자에 길게 누워 격자 틈새로 쏟아지는 햇빛을 만끽하며 어린 접시꽃 잎사귀의 민달팽이 구멍을 통과한 햇살이 풀잎 사이를 비집고 작은 풀꽃 속까지 깊숙이 스며드는 모습을 바라보았다. 그런 평화는(그 시절에도 고민이야 있었지만 이미 잊어버렸다), 그런 평화는 다 지나가버렸다. 애당초 그의 몫이 아니었으리라. 오히려 늙은 아버지와 함께 뉴욕에 머무는 지금이 더욱더 자기다운 삶인 듯싶다. 그는 아버지에게 연민을 기대하기는 글렀음을 잘 알았다. 아버지는 심각한 병에만 연민을 느낀다고 하지 않더냐. 게다가 아버지에게는 성가신 문제를 의논하지 말자고 거듭거듭 다짐한 터였다. 마음 편히 지내고 싶어하는 아버지의 입장도 어찌 보면 타당하니까. 윌헬름은 그런 골칫거리를 털어놓기 시작하면 점점 더 불쾌해지기만 하고 머릿속에 근심 걱정이 가득 차서 결국 아무것도 못하게 되어버린다는 사실도 알고 있었다. 그래서 자신을 타일렀다. 단념해라. 괜히 더 힘들어질라. 그러나 마음속 깊은 곳에서는 다른 목소리가 들려왔다. 눈앞에 닥친 문제들을 직시하지 않으면 아예 놓쳐버릴지도 모르는데, 경험상 그때는 사태가 더 심각해지기 마련이다. 더구나 고령을 이유로 아버지의 태도를 정당화할 수는 없다. 그래, 그래, 이건 아니지. 그는 생각했다. 나는 아들이잖아. 아버지는 아버지잖아. 내가 아들이듯이 아버지는 아버지야. 늙었든 젊든. 완벽한 침묵 속에서나마 그런 결론을 내리며 그는 그 자리에 그대로 앉아 있었고, 그렇게 앉아 있음으로써 아버지를 테이블에 붙잡아놓았다.

"윌키," 아버지가 말했다. "호텔 목욕탕에 내려간 적 있냐?"

"아뇨, 아버지. 아직 못 가봤어요."

"그래, 글로리아나에는 뉴욕에서 제일 근사한 수영장도 있어. 길이 25미터, 파란색 타일. 정말 예쁘지."

수영장이라면 윌헬름도 보았다. 카드놀이를 하러 갈 때마다 수영장으로 내려가는 계단 앞을 지나가니까. 그러나 벽 사이에 갇혀 소독약 냄새를 풍기는 물 따위는 좋아하지 않았다.

"러시아식이나 터키식 목욕탕도 구경하고 태양등 일광욕이나 마사지도 받아봐라. 태양등은 마음에 들지 않더라. 그래도 마사지는 굉장히 효과가 좋고, 이것저것 따져보면 수중요법만큼 좋은 것도 없어. 물만 있어도 마음이 안정되니까 너한테는 진정제나 술을 다 합친 것보다 훨씬 더 효과적일 거다."

윌헬름은 아버지가 베풀 만한 도움이나 연민은 이런 조언이 고작이리라 생각했다.

"물치료는 정신병자한테나 써먹는 치료법인 줄 알았는데요."

애들러 박사는 아들이 농담하는 줄 알고 빙그레 웃으며 말했다. "어쨌든 멀쩡한 사람을 정신병자로 만들진 않지. 내게도 큰 도움이 됐어. 이제 마사지나 사우나 없이는 못 살겠더라."

"아버지 말씀이 맞겠죠. 조만간 들러봐야겠네요. 어제는 오후 늦게 머리가 터질 것 같아 바람 좀 쐬러 나갔다가 저수지* 둘레를 한 바퀴 돌고 한동안 놀이터에 앉아 있었죠. 애들이 사방치기나 줄넘기하는 모습을 보면 마음이 편안해지거든요."

애들러 박사도 찬성을 표시했다. "그래, 그것도 좋은 방법이지."

"라일락은 다 졌어요." 윌헬름이 말했다. "라일락이 떨어지면 금방 여름이죠. 적어도 이 도시에서는 그래요. 매년 이맘때면 과자점마다 창문을 떼어내고 길가에서 소다수를 팔기 시작하죠. 그런데 아버지, 저는 여기서 자랐는데도 이제 도시생활은 견디기 힘들고 자꾸 시골이 그리워져요. 저한테는 여기가 너무 부대껴요. 지나치게 자극적이거든요. 제가 매사에 너무 예민해서 그래요. 아버지가 더 조용한 데로 가지 않으

---

* 센트럴파크 저수지.

시는 이유를 모르겠어요."

의사는 작은 손을 펼쳐 테이블에 올려놓았고, 오래전부터 눈에 익은 이 독특한 동작을 보는 순간 윌헬름은 그 손이 실제로 자기 인생의 밑바탕을 어루만지는 듯했다.

"나도 도시에서 자랐다는 사실을 잊지 마라." 아버지가 설명했다. "하지만 너한테 도시생활이 그렇게 힘들다면 여기서 벗어나야겠지."

"그럴 거예요." 윌헬름이 말했다. "좋은 자리가 생기자마자. 당분간은—"

아버지가 말을 가로막았다. "당분간은 약이나 좀 줄여라."

"과장하지 마세요, 아버지. 사실은 많이 먹지도 않고—그냥 기운 좀 차려서 이겨내려고—" 하마터면 '불행'이라는 말을 입 밖에 낼 뻔했지만 한탄하지 않겠다고 했던 결심을 가까스로 지켰다.

그러나 의사는 충고를 지나치게 밀어붙이는 실수를 저질렀다. 아들에게 줄 것은 충고뿐이므로 한번 더 말했다. "물과 운동이 최고야."

윌헬름은 아버지가 젊고 똑똑하고 성공한 아들을 원한다고 생각하며 대답했다. "아버지, 의학적 조언은 고맙지만 제 문제는 사우나 따위로 해결할 수 없어요."

그러자 의사는 눈에 보일 만큼 뒤로 물러났다. 윌헬름의 목소리가 갑자기 작아지고 얼굴이 침울해지고 허리띠에 갇힌 배가 불룩해지는 모습을 보고 위험을 직감했기 때문이다.

"새로운 고민이 생겼냐?" 아버지가 마지못해 물었다.

윌헬름은 모든 고민을 뭉뚱그려 먼저 온몸으로 표현했다. 숨을 깊이 들이마신 후 그대로 멈췄다. 안색이 변하고 눈물이 핑 돌았다. "새로운?"

"너는 매사에 걱정이 너무 많아." 의사가 말했다. "그러다 버릇될라. 정말 중요한 문제에 집중해야지. 치명적인 병이나 사고 같은 거." 아버지의 태도는 이렇게 말하고 있었다. 윌키, 네 문제를 나한테 떠벌리지 마라. 나 좀 편하게 내버려둬.

윌헬름은 윌헬름대로 자제력을 간절히 기원했다. 그런 결점을 스스로 알기 때문에 어떻게든 버티려 했다. 그리고 아버지의 성격도 잘 알고 있었다. 그래서 상냥하게 말문을 열었다. "치명적인 문제로 치면 무덤에 들어가기 전에는 누구나 똑같은 거리에서 죽음을 기다리는 셈이죠. 아니, 딱히 새로운 고민은 아니겠죠. 두 아이 보험료를 내야 해요. 마거릿이 청구서를 보냈거든요. 애들 엄마가 모든 짐을 저한테 떠맡기네요. 장모님이 물려주신 재산도 있으면서. 하다못해 소득세 합산 신고도 안 해줘요. 그래서 빼도 박도 못하게 됐어요. 뭐 그런 것들이죠. 다 아버지도 들어보신 얘기예요."

"귀에 못이 박히도록 들었지." 노인이 말했다. "그래서 내가 에미한테 돈을 너무 많이 주지 말라고 일렀잖냐."

윌헬름은 소리 없이 입만 벙긋거리다 간신히 말했다. 울분이 점점 자라났다. "하지만 애들이 있잖아요, 아버지. 제 새끼들이에요. 저는 애들을 사랑해요. 애들이 아쉬운 거 없이 살면 좋겠어요."

의사는 제대로 알아듣지 못한 듯이 인자하게 말했다. "그래, 당연히 그래야지. 보험금 수령인은 보나마나 에미겠구나."

"상관없어요. 그런 돈을 한 푼이라도 받느니 차라리 제가 죽는 게 낫죠."

"아, 그래." 아버지가 한숨을 푹 쉬었다. 그는 죽음이라는 말을 듣기 싫어했다. "네 동생 캐서린, 아니, 필리파가 또 들들 볶는다는 얘기를 내가 했는지 모르겠구나."

"무슨 일인데요?"

"전시회를 연다면서 화랑을 빌려달래."

누구에게나 공평해야 직성이 풀리는 윌헬름이 대답했다. "그거야 물론 아버지가 판단하실 일이죠."

노인은 머리통이 동글동글하고 눈처럼 새하얀 백발은 고사리순 솜털처럼 가늘었다. "아니다, 윌키. 걔가 그린 그림은 다 형편없어. 아무리 봐도 믿음이 안 가더라. 벌거벗은 임금님처럼 혼자 착각하는 거야. 내가 다시 어린애가 될 만큼 늙긴 했다만 적어도 첫번째 어린 시절은 벌써 오래전에 지나갔어. 걔가 네 살이었을 때야 기꺼이 크레용을 사다줬지. 하지만 이제 마흔 살이나 먹은 성인이 착각에 빠져 사는데 마냥 부추겨줄 수는 없잖니. 걔는 미술에 소질이 없어."

"저도 캐서린이 타고난 화가라고 생각하진 않아요." 윌헬름이 말했다. "그래도 나름대로 보람 있는 일을 하겠다는데 나무랄 수도 없잖아요."

"그럼 걔 남편한테 밀어주라고 해라."

윌헬름은 여동생 입장도 헤아려주려 최선을 다했고 아버지 입장도 진심으로 이해해주고 싶었지만 너그러운 듯하면서도 냉정하고 꼬장꼬장한 아버지의 태도는 여느 때와 다름없는 반응을 불러일으켰다. 그래서 말을 돌렸다. "여자 문제나 돈 문제라면 정말 아무것도 모르겠어요. 마거릿은 도대체 왜 그러는 거죠?"

"네가 자기 없이는 못 산다는 걸 보여주려고." 의사가 말했다. "경제적으로 압박해서 집으로 돌아오게 할 속셈이지."

"하지만 아버지, 저를 파산시키려 하면서 어떻게 돌아오길 기대하죠? 네, 저도 자존심이 있어요. 아버지는 모르시겠지만 마거릿은 저를 파멸시키려고 작정한 거예요."

아버지의 눈이 커졌다. 터무니없는 소리라는 뜻이다. 윌헬름은 생각했다. 사람이 내리막길을 걷기 시작하면 대뜸 머저리라고 생각하시는구나. 멍청하기 짝이 없는 머저리라고. 그런 주제에 자존심까지 내세우다니. 자랑스러워할 일은 아무것도 없다. 안 그러냐? 아무것도 없다니까. 아버지의 그런 태도를 탓할 수도 없다. 자랑거리도 아니고.

"도대체 무슨 소린지 모르겠구나. 그래도 네가 정말 그렇게 생각한다면 이참에 깨끗이 합의해주지 그러냐?"

"무슨 말씀이에요, 아버지?" 윌헬름이 깜짝 놀라 말했다. "벌써 다 말씀드렸을 텐데요. 제가 합의해주기 싫어서 이러는 줄 아세요? 사 년 전에 갈라설 때 모든 걸 양보했어요. 온갖 물건이며 가구며 저축한 돈까지. 호의를 보이려 했는데 다 소용없더라고요. 아니, 우리 개 시저스와 서로 정이 많이 들어서 제가 데려가겠다고 했는데—애들을 두고 떠나는 일만 해도 충분히 괴로웠으니까요—그 사람이 딱 잘라 거절하더라고요. 그 녀석을 별로 좋아하지도 않으면서. 아마 아버지는 못 보셨을 거예요. 오스트레일리아셰퍼드 품종이죠. 흔히 한쪽 눈동자가 허옇거나 희미해서 인상이 안 좋지만, 사실은 세상에서 제일 순하고 먹을 때나 짖을 때도 유난히 얌전한 개들이에요. 그 녀석만이라도 데리고 살게 해달라고 애원해봤죠. 절대로 안 된대요." 서러움이 복받쳤다. 윌헬름은 얼굴 구석구석을 냅킨으로 닦았다. 애들러 박사는 아들이 지나치게 감정에 휘둘린다고 생각했다.

"틈만 나면 저를 괴롭히는데 그 재미 하나로 사는 것 같아요. 그리고 이것저것 점점 더 많은 걸 요구하고 또 요구해요. 이 년 전에는 대학에 다시 가서 학위를 하나 더 따겠다고 하더군요. 저는 부담이 늘어나겠지만 그걸로 더 좋은 직장을 구할 수 있다면 궁극적으로 바람직하겠다 싶었어요. 그런데 아직도 예전 못지않게 많이 뜯어가요. 다음번에는 박사학위까지 따겠다고 하겠죠. 자기네 집안은 여자들이 장수한다니까 저는 죽을 때까지 돈만 바치다 끝나게 생겼어요."

그러자 의사가 답답하다는 듯이 말했다. "글쎄, 그런 일은 본질이 아니고 다 지엽적인 문제야. 그렇게 자질구레한 일까지 시시콜콜 얘기할 필요 없어. 그 개도! 너는 본질을 벗어난 온갖 문제를 뒤죽박죽 섞어놓는구나. 유능한 변호사나 찾아봐라."

"벌써 말씀드렸잖아요, 아버지. 변호사라면 저한테도 있고 애들 엄마한테도 있는데 변호사들끼리 의논하고 나서 둘 다 저한테 청구서를 보내니까 속 터져 미치겠어요. 아버지, 아버지, 제가 덫에 걸려도 단단히 걸렸네요!" 윌헬름이 비통하게 말했다. "변호사들이—아시겠어요?—변호사들이 합의서를 작성하면 애들 엄마는 월요일만 해도 승낙한다고 했다가 화요일에는 돈을 더 받아야겠대요. 그럼 똑같은 일이 되풀이 되는 거죠."

"나는 처음부터 에미가 좀 이상한 여자라고 생각했다." 애들러 박사가 말했다. 그는 처음부터 마거릿을 싫어했고 결혼도 반대했으니 아버지로서 할 만큼 했다고 생각했다.

"이상하다고요, 아버지? 어떤 여자인지 보여드리죠." 윌헬름은 갈색 얼룩이 묻은 손가락과 바싹 물어뜯은 손톱으로 자신의 굵은 목을 움켜쥐고 꽉꽉 조르기 시작했다.

"무슨 짓이냐?" 노인이 소리쳤다.

"그 여자가 저한테 어떤 짓을 하는지 보여드리는 거예요."

"그만—그만하라니까!" 노인이 근엄하게 테이블을 내리치며 말했다.

"아버지, 마누라는 저를 증오해요. 그 여자 손에 목이 졸리는 기분이에요. 숨도 못 쉬겠어요. 그 여자는 저를 죽이려고 작정했어요. 멀리서도 얼마든지 그럴 수 있죠. 그 여자 때문에 조만간 질식사하거나 뇌졸중으로 쓰러지고 말 거예요. 정말 숨도 못 쉬겠다고요."

"그 목 좀 놔라, 멍청한 놈아." 아버지가 말했다. "허튼짓 그만하고. 내가 그따위 주술 나부랭이를 믿을 줄 알았냐."

"이걸 주술이라 부르고 싶다면 그러세요." 그의 얼굴이 새빨개졌다가 창백해지고 잔뜩 부풀었다. 숨을 쉬기도 힘들었다. "어쨌든 제 얘기는 그 여자를 만나면서부터 노예처럼 살았다는 거예요. 노예해방은 흑인들한테만 해당하는 얘기죠. 모가지에 쇠고랑을 차고 다니는 저 같은 남편이야말로 노예와 다름없어요. 교인들이 올버니로 몰려가서 법안을 일일이 감시해요. 이혼은 인정할 수 없다는 거예요. 법원도 이런 식이에요. '자유를 원한단 말이지. 그렇다면 두 배로 열심히 일해라. 적어도 두 배로! 일이나 하라고! 게으름뱅이.' 그래서 남자들은 서로 아귀다툼을 벌이며 악착같이 돈을 벌고, 그래서 자기를 증오하는 마누라한테서 풀려나는 대신 회사로 팔려가죠. 회사에서는 그 남자가 꼬박꼬박 월급을 받아야 한다는 사실을 아니까 실컷 부려먹고. 그러니까 자유에 대해서는 일언반구도 꺼내지 마세요. 순수입만 백만 달러씩 벌어들이는 부자라면 자유로울지도 모르죠. 가난뱅이라면 어디서 뭘 하든 아무도 신경쓰지 않으니까 자유로울지도 모르죠. 하지만 저 같은 처지는 픽 쓰러져 뒈질 때까지 개고생만 한다고요."

그러자 아버지가 대답했다. "윌키, 다 네가 자초한 일이야. 그렇게 끌려다닐 필요는 없잖아."

장광설을 늘어놓다 중단당한 후 윌헬름은 잠시 아무 말도 할 수 없었다. 말문이 막혀 이러지도 저러지도 못하고 가쁜 숨을 몰아쉬며 눈살을 찌푸린 채 아버지의 얼굴을 바라보았다.

"도대체 뭐가 문제인지 이해할 수가 없구나." 노인이 말했다. "나는 그런 문제를 겪어본 적이 없어서."

그러나 이미 이성을 잃어버린 윌헬름은 두 손을 내저으며 거듭거듭 말했다. "아버지, 그런 말씀 마세요, 그런 말씀 마세요. 제발 그런 말은 하지 마시라고요."

"사실이잖니." 아버지가 말했다. "나는 다른 세계에서 태어났다. 너희 엄마와 나는 너희와 전혀 다른 삶을 살았어."

"아니, 어떻게 어머니와 비교하세요?" 윌헬름이 말했다. "어머니는 아버지를 도와주셨잖아요. 어머니가 언제 아버지한테 피해를 주신 적이 있나요?"

"그렇게 오페라 공연하듯이 호들갑 떨지 마라, 윌키." 의사가 말했다. "네 일방적인 생각일 뿐이야."

"뭐라고요? 다 사실이잖아요." 윌헬름이 말했다.

그러나 노인은 인정하려들지 않고 동글동글한 머리통을 절레절레 흔들며 화려한 셔츠에 덧입은 조끼를 끌어내리고 느긋하게 뒤로 기댔다. 그러자 대화 내용을 듣지 못하는 사람들에게는 마치 중년 남자와 점잖은 아버지가 평범한 대화를 나누는 듯한 분위기가 완벽하게 연출되었다. 몸집이 크고 꾀죄죄한 윌헬름은 우뚝 솟은 모습으로 몸을 흔들거렸다. 회색 눈은 충혈되고 꿀빛 머리는 위로 뻗쳐 타오르는 듯했다. 부당한 타박에 화가 나서 하소연이라도 하고 싶었다. 그러나 그는 아버지가 이해해주길 바랐고 아버지에게 굴복하려고 노력했다. "어머니와 마거릿을 비교하지 마세요. 아버지와 저도 비교 대상이 아니에요. 아버지는 성공하셨잖아요. 성공은—성공이죠. 저는 성공한 적이 없고."

그러자 의사의 늙은 얼굴에서 침착한 표정이 깨끗이 사라지고 사뭇 엄격하고 성난 기색이 드러났다. 빨갛고 검은 셔츠 속에서 작은 가슴이 확연히 부풀었다. "그래. 열심히 일했으니까. 제멋대로 살지도 않고 게으르지도 않았으니까. 우리 아버지는 윌리엄스버그에서 옷감장사를 하셨다. 별 볼 일 없는 집안이었다고. 알아듣겠냐? 그래서 허송세월할 여유가 없다는 걸 알았지."

"저도 게으름을 피운 적은 없다고 생각해요." 윌헬름이 말했다. "오히려 너무 열심히 노력해서 탈이라면 또 모를까. 실수를 많이 했다는 건 인정해요. 가령 아버지가 이미 하신 일은 안 하겠다고 마음먹은 것도 그래요. 예컨대 화학 공부 말이에요. 그건 아버지가 하셨잖아요. 한 집안에서 한 명만 알면 충분하다는 거죠."

아버지가 말을 이었다. "나는 여자 수십 명하고 놀아나지도 않았어. 할리우드 스타가 아니니까. 쿠바로 휴가 갈 시간도 없었지. 집에 남아 자식들을 보살펴야 했으니까."

윌헬름은 천장 쪽을 쳐다보며 생각했다. 애당초 어쩌자고 아버지 곁에 와서 살았지? 뉴욕은 독가스 같은 곳인데. 빛깔마저 흐려지는데. 머리가 너무 답답해서 내가 지금 뭘 하는지도 모르겠다. 아버지는 내가 돈을 뜯어내려 한다거나 당신을 시샘한다고 생각한다. 내가 뭘 원하는지 전혀 모르면서.

윌헬름은 소리 내어 말했다. "아버지, 너무하십니다. 영화계 진출이 실수였던 건 사실이에요. 하지만 저도 애들을 사랑해요. 애들을 버린 건 아니라고요. 어쩔 수 없이 마거릿과 헤어졌을 뿐이에요."

"뭐가 어쩔 수 없었다는 거냐?"

"그건—" 윌헬름은 수많은 이유를 몇 마디로 요약하려고 안간힘을 썼다. "어쩔 수 없이—어쩔 수 없었어요."

그러자 아버지가 느닷없이, 놀라우리만큼 단도직입적으로 물었다. "혹시 잠자리 문제라도 있었냐? 그랬더라도 끝까지 참았어야지. 빠르건 늦건 누구나 겪는 일이야. 정상적인 사람도 다 그렇게 살아. 때가 되면 저절로 해결되니까. 그런데 너는 그새를 못 참았지. 멍청하게 낭만적인 생각만 하다가 지금 이렇게 대가를 치르는 거야. 내 말 똑똑히 알아들었냐?"

물론 윌헬름도 똑똑히 알아들었다. 마치 아버지의 말이 사방에서 메아리치는 듯해 이리저리 고개를 기울여가며 그 소리를 듣고 또 생각해보았다. 그리고 마침내 대답했다. "그건 의학적 관점이겠죠. 아버지 말씀이 옳을 겁니다. 하지만 도저히 마거릿하곤 같이 살 수가 없었어요. 참아보려 했지만 정말 지긋지긋했거든요. 마누라와 저는 완전히 딴판이에요. 마누라가 저한테 맞춰주려고 하지 않아서 제가 맞추려 해봤지만 안 되더라고요."

"정말 에미가 너더러 나가라고 하진 않았냐?" 의사가 물었다.

"차라리 그랬으면 좋았겠죠. 제 입장이 지금보다는 나았을 테니까. 그런데 제가 그냥 나와버렸어요. 나오기 싫었지만 도저히 버틸 수가 없었거든요. 누군가는 결단을 내려야 했어요. 결국 제가 결정했죠. 그래서 지금 모든 죄를 뒤집어썼고."

의사는 아들이 온갖 반론을 늘어놓을 여지를 미리 차단해버렸다. "로잭스에서는 왜 쫓겨났냐?"

"쫓겨난 게 아니라고 말씀드렸잖아요."

"거짓말 마라. 너 스스로 그만뒀을 리가 없잖아. 월급이 그렇게 절실한 상황에서. 보나마나 무슨 말썽을 저질렀겠지." 이 왜소한 노인은 간결하면서도 대단히 단호하게 말을 이었다. "어차피 그냥 넘어가지 못하고 다 들춰내야겠다면 사실대로 말해봐라. 혹시 무슨 스캔들이라도 있었냐—여자와?"

윌헬름은 격렬하게 항변했다. "아뇨, 아버지, 여자는 한 명도 없었어요. 어떤 상황이었는지 말씀드렸잖아요."

"그럼 남자였구나." 노인이 심술궂게 내뱉었다.

윌헬름은 화들짝 놀라 아버지를 멍하니 바라보았다. 얼굴이 창백해지고 입술이 타들어갔다. 잠시 후 간신히 대답했다. "무슨 뜻인지도 모르면서 하시는 말씀 같네요. 함부로 상상하지 마세요. 여기 브로드웨이에 사니까 요즘 세태를 다 안다고 생각하시는군요. 아들이 어떤 놈인지 몰라도 너무 모르십니다. 그 말씀은 못 들은 걸로 하죠."

"알았다, 윌키. 그 말은 취소하마. 하지만 록스버리에서 무슨 일이 일어났던 건 틀림없어. 너는 회사로 돌아가지 않겠다고 했어. 아까 경쟁사에 들어가겠다고 했던 건 홧김에 내뱉은 말이고. 네가 그럴 리가 없지. 내 생각에 너는 뭔가 신망을 잃을 만한 짓을 저지른 거야. 하지만 네가 다시 나타나길 기다리는 여자친구도 더러 있겠지. 안 그러냐?"

"출장 갈 때 가끔 여자를 만나긴 했죠." 윌헬름이 대답했다. "제가 무슨 수도사도 아니잖아요."

"특별한 사이는 아니고? 복잡한 관계는 정말 아니었다는 거냐?"

윌헬름은 생각했다. 고민을 털어놓으려 했을 뿐인데 오히려 심문을 당하면서 과연 연민의 말을 들을 자격이 있는 아들인지 입증해야 하는 처지가 돼버렸구나. 아버지는 내가 온갖 추잡한 짓을 저질렀다고 굳게 믿으니까.

"록스버리에 사귀는 여자가 한 명 있어요. 서로 사랑해서 결혼하고 싶었는데 그 여자는 제가 이혼하기만 기다리다 지쳐버렸어요. 마거릿도 그걸 알아차렸죠. 더구나 그 여자는 가톨릭이라 둘이 같이 신부님을 만나 사정 설명까지 했어요."

이 마지막 고백조차 애들러 박사의 동정심을 자극하지 못했고, 노회하고 냉정한 이성을 뒤흔들거나 안색에 변화를 일으키지도 못했다.

"이런, 이런, 이런, 이런. 엉망진창이구나." 의사가 말했다.

윌헬름은 다시 다짐했다. 아버지 연세를 생각하자. 예전의 아버지가 아니다. 골칫거리는 못 견디신다. 어차피 나도 너무 흥분하고 화가 나서 판단력을 잃어버렸다. 과연 이 위기를 무사히 넘기고 평정을 되찾을 수 있을까? 그러고 나면 나도 결코 온전할 수 없겠지. 근심 걱정은 사람을 망가뜨리니까.

"진심으로 이혼하고 싶으냐?" 노인이 물었다.

"온갖 고생을 하는 판국에 뭐라도 얻어내야죠."

그러자 애들러 박사가 말했다. "정 그렇다면 말인데, 여자한테 그런 취급을 받고도 참는 사람은 정상이 아니겠지."

"아버지, 아버지!" 윌헬름이 말했다. "아버지와 얘기하면 늘 이런 식이에요. 아버지가 저를 어떻게 유도했는지 보세요. 언제나 처음에는 제 문제를 도와줄 듯이 호의적인 말투로 시작하시죠. 그래서 저는 매번 희망을 품고 고마워해요. 그런데 얘기가 끝날 때쯤에는 전보다 백배는 더 우울해져요. 왜 그럴까요? 아버지는 동정심 따위는 모르는 분이니까요. 모든 일을 제 탓으로 돌리고 싶어하시죠. 차라리 그러시는 게 현명할지도 모르지만요." 윌헬름은 서서히 이성을 잃었다. "아버지는 아버지의 죽음만 골똘히 생각하시는 것 같아요. 네, 그건 저도 안타까워요. 하지만 저도 언젠가는 죽어요. 그리고 저는 아버지 아들이에요. 그건 애당초 제 잘못이 아니잖아요. 어떻게든 올바르게 대처해서 서로 억울한 일은 없게 해야죠. 다만 궁금한 건 이거예요. 어차피 도와줄 생각도 없으면서 이런 얘기는 왜 꺼내셨죠? 제 고민이 뭔지 알아서 도대체 뭐 하시게요, 아버지? 그래야 모든 책임을 저한테 지울 수 있으니까—그래야 저를 도와주지 않아도 되니까 그러세요? 아들이라는 놈이 이렇게 못났으니 위로라도 해드리길 바라세요?" 너무 원통해서 가슴속에 굵은 응어리가 단단히 맺히고 눈물이 치솟았지만 애써 참았다. 안 그래도 충분히 초라해 보이니까. 목이 메어 목소리마저 안 나오는 탓에 더듬거리느라 비통한 심정을 마음껏 토로할 수도 없었다.

의사가 말했다. "그렇게 터무니없는 소리를 하는 걸 보니 너야말로 속셈이 따로 있구나. 나한테 바라는 게 뭐냐? 뭘 기대했지?"

"뭘 기대했느냐고요?" 윌헬름이 되물었다. 이제 돌이킬 수 없다는 생각이 들었다. 파도를 타고 떠내려가는 공처럼 자제력이 까마득히 멀어져갔다. "도움을 기대했죠!" 크고 사납고 필사적인 고함이 터져나오자 아버지가 깜짝 놀랐고 아침식사를 하던 두어 명이 두 사람을 힐끔힐끔 쳐다보았다. 윌헬름의 얼굴이 더 크게 부풀자 백화된 꿀빛 머리가 텁수룩하게 곤두섰다. "제가 아무리 괴로워해도—아버지는 안쓰럽지도 않으시겠죠. 저한테 애정이라고는 티끌만큼도 없으니 제 일에 관여하기 싫으시겠죠."

"내가 왜 너의 그런 처신을 좋아해야 하냐? 그래, 나는 싫다." 애들러 박사가 말했다.

"좋습니다. 아버지는 제가 변하길 바라시죠. 그런데 제가 변할 수 있다 치고—그럼 어떤 사람이 되면 좋을까요? 뭐가 될 수 있을까요? 제가 한평생 저 자신을 잘못 생각했다고, 사실은 전혀 다른 사람이었다고 가정해보죠. 그리고 우드척*이 굴을 팔 때 출구를 여러 개 만들듯이 누구나 예방책을 준비하기 마련인데 저만 안 그랬다고 쳐요. 그렇다고 이제 와서 뭘 어쩌겠어요? 인생이 벌써 절반도 넘게 지나가버렸어요. 절반도 넘게. 그런데 아버지는 지금 제가 정상인도 아니라고 하시는군요."

그러자 노인도 평정을 잃고 말았다. "너는 또 도와달라고 애걸복걸

* 다람쥐과의 설치동물.

하는구나. 네가 굳이 고집을 부려 입대했을 때 마거릿한테 매달 수표를 보내줬다. 너는 부양가족이 있으니 면제받을 수도 있었지. 그런데 웬걸! 마치 네가 없으면 전쟁도 못한다는 듯이 덜컥 뽑혀 가더니 태평양 전선에서 고작 행정병 노릇이나 했잖냐. 아무 사무원이나 다 할 수 있는 일을 하면서. 기껏 찾아낸 일이 군인이라니."

월헬름은 그 말에 대꾸하려고 손가락이 하얗게 변하도록 테이블을 힘껏 짚으며 곰 같은 몸집을 의자에서 엉거주춤 일으켰지만 노인은 아들에게 말할 기회조차 주지 않았다. "여기 사는 늙은이 중에서도 자식들이 신통찮은 경우를 더러 봤는데, 애면글면 자식 뒷바라지를 하느라 크나큰 희생을 무릅쓰더라. 하지만 나는 그런 실수는 안 한다. 너는 생각조차 못하는 모양인데, 앞으로 일 년 후든 이 년 후든 내가 죽은 다음에도 너는 멀쩡히 살아 있겠지. 나는 그런 생각을 한다."

노인의 말은 마음 편히 여생을 보내게 해달라는 뜻이었다. 그러나 윌헬름에게는 두 사람 중에서 더 훌륭하고 더 유능하고 더 존경받는 사람이 먼저 세상을 떠나야 하는 게 억울하다고 말하는 듯한 인상을 풍겼다. 어쩌면 그런 의미도 조금은 담겼는지도 모른다. 다만 지금과 같은 상황이 아니었다면 아버지가 이렇게까지 노골적으로 속내를 드러내지는 않았으리라.

"아버지," 윌헬름은 여느 때와 달리 솔직하게 하소연했다. "제가 아버지 심정을 모른다고 생각하세요? 저도 안타까워요. 아버지가 오래오래 사시길 바라죠. 저보다 더 오래 사셔도 저는 아무렇지도 않아요." 이렇게 고백했는데도 아버지는 대꾸도 없이 시선을 피했고 윌헬름은 별안간 분통을 터뜨렸다. "그런데도 아버지는 저를 미워하십니다. 저한테 돈이 많았다면 이러지는 않으셨겠죠. 그건 아버지도 인정하셔야 해요. 돈이 있었다면 달랐을 거예요. 그랬다면 우리 사이도 화목했을 텐데, 제가 자랑스러운 아들이었다면—호텔 곳곳에서 큰소리 뻥뻥 치며 뻐기셨을 텐데. 하지만 저는 그렇게 바람직한 아들이 아니죠. 너무 늙었으니까, 너무 늙은데다 운수도 사나우니까."

아버지가 말했다. "너한테 줄 돈은 없다. 한번 그러기 시작하면 끝도 없을 테니까. 한 푼도 안 남을 때까지 너와 네 동생이 다 뜯어가겠지. 나는 아직 살아 있어. 안 죽었다고. 아직 이렇게 돌아다니잖아. 내 인생은 아직 안 끝났어. 너 못지않게, 누구 못지않게 멀쩡히 살아 있다고. 그리고 나는 아무도 짊어지기 싫다. 내 등에 업히지 말란 말이야! 윌키 너한테도 똑같은 충고를 해야겠다. 아무도 짊어지고 다니지 마라."

"돈은 아버지나 가지세요." 윌헬름이 쓸쓸히 말했다. "잘 지키면서 혼자 쓰시라고요. 당연히 그러셔야죠!"

4장

바보! 천치! 멧돼지! 멍청한 노새! 종놈! 뒹굴뒹굴 나뒹구는 지저분한 하마! 구부정한 다리를 움직여 식당을 나서며 윌헬름은 자신을 욕했다. 자존심! 감정의 폭발! 하소연과 무력감! 게다가 늙은 아버지와 모욕을 주고받다니—그렇게 모든 일을 망쳐버리다니. 아, 이 얼마나 가련하고 한심하고 우스꽝스러운 놈이냐! 아버지를 모질게 비난하며 내뱉은 말을 돌이켜보니—"아들이 어떤 놈인지 몰라도 너무 모르십니다."—이 얼마나 진부하고 가증스러운 언사인가.

윌헬름은 눈부시게 번쩍거리는 이 식당을 한순간이라도 빨리 벗어나고 싶었다. 몹시 흥분한 상태였다. 목과 어깨, 가슴 전체가 밧줄로 꽁꽁 묶인 듯 욱신거렸다. 콧속에서 눈물의 짠내가 느껴졌다.

그러나 동시에—윌헬름에게는 본인도 모르지 않는 심오한 일면이 있으므로—마음속 깊은 곳에서 어떤 생각이 떠올랐다. 지금이야말로, 이렇게 나만의 근심 걱정을 짊어지고 굴욕감과 무력감을 느끼며 억눌린 눈물을 맛보는 지금이야말로 어쩌면 내 인생의 사명, 참다운 사명, 유일하게 중요한 사명, 무엇보다 숭고한 사명을 다하는 순간이 아닐까. 어쩌면 온갖 실수를 저지르는 것이야말로 내 인생의 목적이며 내 삶의 본질인지도 모른다. 이렇게 실수를 저지르고 괴로워하는 것이야말로 지상에서 나에게 주어진 운명인지도 모른다. 그리고 윌헬름은 돈만 밝히는 펄스 씨나 아버지에 비하면 자기가 낫다고 믿었지만 그래도 그들은 활기차게 살아가는데, 이렇게 소리치고 울부짖고 애원하고 애걸하고 더듬거리고 헤매다 걸핏하면 인생의 가시밭에 엎어지느니 차라리 그런 삶이 낫지 않을까. 이렇게 살다 결국 수면 아래로 가라앉으면—과연 불행일까, 다행일까?

그러나 아버지를 향한 분노가 다시 끓어올랐다. 남들은 돈이 있으면 살아생전에 잘 쓰고 싶어한다. 물론 아버지는 내 뒷바라지를 안 하는 것이 옳다. 그렇지만 내가 언제 뒷바라지를 해달라고 했나? 마거릿이나 아이들이나 나 자신을 위해 돈을 달라고 부탁한 적이 있나? 내가 원하는 것은 돈이 아니라 마음의 도움이다. 아니, 도움까지도 필요 없고 아버지가 나를 지지한다는 느낌만 있으면 된다. 그런데 아버지는 성인이라면 그런 감정마저 벗어던져야 한다고 가르치려드는 듯하다. 애당초 그놈의 감정 때문에 로잭스에서 내 입장이 난처해졌다. 나는 회사에 소속감을 느꼈는데 그들이 거버를 내 윗자리에 앉히는 바람에 감정이 상해버렸다. 아버지는 내가 너무 단순하다고 생각한다. 그러나 나는 아버지 생각처럼 단순한 놈이 아니다. 아버지의 감정은 또 어떤가? 아버지는 한순간도 죽음을 잊지 못하고, 그래서 그렇게 행동한다. 아버지 자신만 죽음에 집착하는 게 아니라 돈을 통해 나까지 죽음을 의식하게 만든다. 아버지는 돈의 힘으로 나를 지배한다. 나를 그렇게 만들어놓고 나중에는 오히려 화를 낸다. 아버지가 가난했다면 내가 아버지를 보살피며 진심을 보여줬을 텐데. 기회만 있으면 나도 얼마든지 베풀 수 있다는 것을. 그랬다면 내가 아버지를 얼마나 사랑하고 존경하는지 아버지도 알았을 텐데. 그랬다면 아버지도 전혀 다른 사람이 되었겠지. 내 어깨에 양손을 얹고 나를 축복했겠지.

월헬름이 로비로 나갔을 때 누군지 널찍한 다갈색 띠가 둘린 회색 밀짚모자를 쓴 사람이 말을 걸었다. 실내가 어두어둑했다. 발밑의 검붉은 카펫, 녹색 가죽 의자, 노란색 간접조명 따위가 어렴풋이 보일 뿐이었다.

"어이, 토미. 나 좀 보세."

"실례하겠습니다." 윌헬름은 이렇게 말하며 내선 전화기 쪽으로 가려 했다. 그러나 그 사람은 탬킨 박사였고 윌헬름은 바로 그에게 연락하려던 참이었다.

"자네 지금 뭔지 몹시 신경쓰인다는 표정이군." 탬킨 박사가 말했다.

윌헬름은 생각했다. 여기 있었구나, 여기 있었구나. 이 사람의 속내를 알아낼 수 있다면 얼마나 좋을까.

그는 탬킨에게 말했다. "아, 제 표정이 그랬나요? 글쎄요, 신경쓰이는 일이 하나둘이라야죠."

탬킨 박사를 보는 순간 아버지와의 말다툼은 종지부를 찍었다. 이제 생각이 다른 쪽으로 흘러갔다.

"우리 이제 뭘 하면 되죠?" 윌헬름이 물었다. "오늘 라드 시세는 어떻게 될까요?"

"그 문제라면 걱정하지 말게. 꽉 붙잡고 버티기만 하면 틀림없이 오를 테니까. 그런데 윌헬름 자네는 무슨 일로 그렇게 목까지 새빨개졌나?"

"아, 그냥 집안일이에요." 바로 지금이 새로운 시선으로 탬킨을 관찰할 기회다. 윌헬름은 탬킨을 샅샅이 살펴보았지만 아무것도 알아낼 수 없었다. 소문이 다 거짓이고 탬킨이 자신에 대해 했던 말이 모두 사실일 가능성도 없지 않다. 그러나 그는 과학자일까, 아닐까? 만약 과학자가 아니라면 지방검찰청에서 조사할 만한 사건인지도 모른다. 정말 거짓말쟁이일까? 까다로운 문제다. 설령 거짓말쟁이라 해도 사안에 따라서는 믿을 만할지도 모른다. 탬킨을 믿어도 될까—정말 괜찮을까? 윌헬름은 미친듯이 해답을 찾으려 했지만 결론이 나오지 않았다.

그러나 이 문제를 생각할 시간은 이미 지나가버렸고 이제는 탬킨을 믿어보는 수밖에 없다. 그는 오랜 고민 끝에 탬킨에게 돈을 맡겼다. 그때는 현실적 판단력이 정지된 상태였다. 기진맥진한 채 내린 결정이니 결정이라고 할 수도 없다. 어쩌다 그런 일이 벌어졌을까? 그러나 할리우드 생활은 또 어떻게 시작되었던가? 모리스 베니스 때문은 아니었다. 알고보니 그는 포주에 불과했다. 윌헬름 자신이 그렇게 실수를 저지를 만한 상태였던 것이 패인이다. 결혼도 그런 식으로 저질러버렸다. 그런 결정이 하나하나 쌓여 지금의 삶을 만들어냈다. 그러므로 탬킨 박사를 만났을 때 야릇한 숙명을 직감했던 그 순간부터 윌헬름은 도저히 돈을 지킬 수 없게 되었다.

닷새 전에 탬킨이 말했다. "내일 나와 같이 객장에 한번 가보세." 그래서 윌헬름은 따라갈 수밖에 없었다. 두 사람은 증권사 지점으로 함께 걸어갔고 열한시에 도착했다. 가는 길에 탬킨이 윌헬름에게 뜻밖의 말을 꺼냈다. 두 사람은 동등한 공동투자자 관계지만 투자금액에서 자기 몫인 절반은 아직 전액을 보탤 형편이 아니라고 했다. 어느 특허 발명품 때문에 앞으로 일주일쯤 돈이 묶일 예정이라는 설명이었다. 그래서 오늘은 200달러가 모자라지만 다음주에 꼭 갚겠다고 했다. 어쨌든 둘 다 투자수익에 생계가 걸린 상황은 아니니까. 탬킨은 어차피 이번 투자는 그냥 재미삼아 해보는 일이라고 말했다. "물론이죠." 윌헬름은 이렇게 대답할 수밖에 없었다. 취소하기에는 이미 늦어버렸다. 달리 방법이 없지 않나? 그다음에는 정식으로 계약을 맺는 절차를 진행했는데 윌헬름에게는 무시무시한 경험이었다. 탬킨의 수표는 초록색의 색감부터 좀 수상쩍었다. 부자연스럽고 꺼림칙한 빛깔이었다. 탬킨의 필기체는 특이하다못해 괴상망측했다. 'e'는 'i'를 닮고, 't'는 'l'와 똑같고, 'h'는 말벌의 배처럼 생겼다. 초등학교 4학년 글씨처럼 서툴렀다. 그러나 과학자들은 주로 기호를 다루며 인쇄체를 사용하기 마련이다. 윌헬름은 그렇게 이해했다.

그날 탬킨 박사는 300달러짜리 수표를 내놓았다. 윌헬름은 얼떨떨하고 혼란스러운 착란 상태에서 손이 떨리지 않도록 꾹꾹 눌러가며 천 달러짜리 수표를 작성했다. 입을 앙다물고 거대한 상체를 테이블 너머로 잔뜩 웅크린 채, 겁에 질려 벌벌 떨리는 손으로 글씨를 썼다. 만약 탬킨의 수표가 부도라도 난다면 윌헬름의 수표도 꼼짝없이 지급 거절을 당할 터였다. 그래서 모처럼 똑똑한 짓을 했는데, 탬킨의 초록색 수표가 결제될 때까지 시간을 벌기 위해 지급 날짜를 하루 뒤로 잡았다.

그러고 나서 탬킨에게 그 돈으로 투자거래를 하도록 허락한다는 내용의 위임장에도 서명했는데 이 문서는 더 무시무시했다. 탬킨이 언급한 적도 없는 서류였지만 여기까지 따라왔으니 어쩔 수 없었다.

서명을 마친 후 윌헬름이 마련한 대비책은 증권사 지점장을 다시 찾아가 단둘이 만나는 정도가 고작이었다. "저기, 탬킨 박사님 말입니다. 조금 전에 저와 같이 계셨는데 기억하시죠?"

그날은 하늘이 우중충하고 비가 내렸는데 윌헬름은 우체국에 다녀와야 한다는 핑계로 탬킨과 헤어졌다. 탬킨은 혼자 점심을 먹으러 갔고 윌헬름은 증권사로 되돌아가 숨을 헐떡이며, 모자에서 빗물을 뚝뚝 떨어뜨리며 지점장에게 탬킨을 기억하느냐고 불필요한 질문을 던졌다.

"예, 고객님, 알고 있습니다." 지점장이 말했다. 침착하고 친절하고 깡마른 독일인으로 옷차림은 흠잡을 데 없이 단정하고 목에는 현황판을 볼 때 쓰는 소형 쌍안경을 걸고 있었다. 지극히 단정한 사람이지만 브로드웨이 일대의 실패자, 노인, 사기꾼, 노름꾼, 게으름뱅이 등이 어떻게 생각하든 별 관심이 없어서인지 아침에는 면도를 하지 않았다. 증권시장은 세시에 마감한다. 윌헬름은 지점장이 워낙 수염이 무성해서 퇴근 후 숙녀와 함께 저녁식사를 하러 나갈 때 갓 면도한 얼굴을 보여주려고 미뤄둔 게 아닐까 짐작했다.

"하나만 여쭤볼게요." 윌헬름이 말했다. "조금 전에 제가 탬킨 박사님께 투자거래를 일임한다는 위임장에 서명했습니다. 아까 저한테 위임장 용지를 주셨잖아요."

"예, 고객님, 기억합니다."

"궁금한 문제는 이겁니다." 월헬름이 말했다. "저는 변호사가 아니라서 서류도 대충 봤거든요. 혹시 그 위임장이 돈이든 물건이든 제가 가진 다른 자산까지 탬킨 박사님께 일임한다는 내용입니까?"

윌헬름의 투명하고 꼴사나운 비옷에서 빗물이 떨어졌다. 언제나 너무 작아 보이는 셔츠 단추는 군데군데 진줏빛 반달 모양으로 떨어져나갔고 아랫배에 굵고 짙게 돋아난 황금빛 털이 여기저기 삐져나왔다. 그러나 지점장으로서는 고객에 대한 평가를 내색하지 않는 것이 도리였다. 백발이 성성한 지점장은 빈틈없고 (면도는 안 했지만) 단정한 사람이었으며 자신의 책상에 올라온 업무가 아니라면 함부로 입을 열지 않았다. 그는 윌헬름이 오랫동안 심사숙고하다가 하필이면 스무 번이나 퇴짜를 놓았던 쪽으로 결정을 내리는 유형이라는 사실을 알아차린 모양이었다. 백발의 지점장은, 차분하고 냉정하고 경력 많고 노련하고 중립적이고 주의깊은, 그리고 면도를 안 했어도 멋스러운 이 남자는 두려워하고 멋쩍어하며 떨고 있는 윌헬름을 똑바로 바라보지도 않았다. 핏기 없고 콧구멍이 긴 지점장의 얼굴 전체가 감각기관으로 기능했다. 눈이 맡은 역할은 보잘것없었다. 이 남자도 루빈처럼 뭐든지 아는 사람, 도무지 모르는 것이 없는 사람이다. 외국인인 그는 다 아는데 정작 이 도시에서 태어난 윌헬름은 아는 게 없다.

지점장이 대답했다. "아니죠, 고객님, 그런 내용은 아닙니다."

"그럼 제가 계좌에 넣은 돈만 일임한다는 내용인가요?"

"예, 맞습니다, 고객님."

"감사합니다, 그게 궁금했어요." 윌헬름이 고마움을 표시했다.

답변을 들으니 마음이 놓였다. 그러나 윌헬름은 쓸모없는 질문을 했을 뿐이다. 아무짝에도 쓸모가 없다. 어차피 다른 자산 따위는 없으니까. 그는 마지막 남은 돈까지 탈탈 털어 탬킨에게 줘버렸다. 어쨌든 이런저런 채무를 감당하기에는 턱없이 부족한 형편이라 윌헬름은 당장 파산하든 다음달에 파산하든 매한가지라고 생각한 터였다. '아예 망해버리거나 떼돈을 벌거나.' 이렇게 생각했고, 이런 마음가짐 덕분에 용기를 얻어 모험을 감행했다. 뭐 떼돈은 아니겠지. 떼돈까지는 기대하지도 않지만, 꼭 필요한 만큼이라도 선물시장에서 벌어들이는 방법을 탬킨이 정말 가르쳐줄지도 모르니까. 그러나 지금은 그런 생각을 했던 일조차 잊어버렸고, 어쩌면 본전 700달러를 고스란히 잃게 될지도 모른다는 생각이 뇌리를 떠나지 않았다.

탬킨 박사는 마치 돈 많은 신사 두 명이 시험삼아 라드와 곡물 선물거래를 해본다는 듯한 태도였다. 마치 돈은, 겨우 몇백 달러 정도는 두 사람에게 아무것도 아니라는 듯이. 그는 윌헬름에게 말했다. "잘 보게나. 이번에 큰 재미를 맛보고 나면 왜 사람들이 더 많이 몰려들지 않는지 의아할 테니까. 자네는 월스트리트에 있는 놈들이 아주 똑똑하다고, 다들 천재라고 생각하지? 그런 생각을 하는 건 심리학적으로 우리 대부분이 구체적 사실을 두려워하는 경향이 있기 때문이야. 어디 대답해보게. 운전할 때 자동차 후드 밑에서 무슨 일이 벌어지는지 잘 모르는 사람은 혹시 엔진이 고장나지나 않을까 걱정하기 마련이지. 내 말이 틀렸나?" 아뇨, 옳은 말씀입니다. "그렇다니까." 그러면서 탬킨 박사는 은근히 의기양양한 미소를 머금었는데 어찌 보면 비웃음 같기도 했다. "심리학적으로 보면 똑같은 원리라네, 윌헬름. 자네 같은 사람이 뭐가 뭔지 모르니까 그놈들이 부자가 될 수 있었던 거야. 하지만 알고 보면 대단한 수수께끼도 아니니까 돈만 조금 투자하고 몇 가지 관찰법칙만 적용하면 금방 이해할 수 있지. 이론만 공부한다고 배울 수 있는 게 아니야. 시험삼아 위험을 무릅써봐야 모든 과정을, 돈의 흐름을, 전체적인 구조를 실감할 수 있으니까. 해초가 된 기분이 궁금하면 물속에 들어가봐야지. 우리는 얼마 안 가서 수익률 백 퍼센트를 달성할 걸세." 그래서 월헬름은 처음부터 선물시장에 대해서는 학구적 관심뿐이었다는 듯이 행동할 수밖에 없었다.

방금 로비에서 마주친 탬킨이 말했다. "그래, 무슨 일인데, 집안에 무슨 문제가 생겼는데? 말해보게." 그는 명석한 정신과의사 행세를 했다. 이런 일이 있을 때마다 월헬름은 뭐라고 대답해야 좋을지 몰랐다. 월헬름이 어떻게 말하든 행동하든 탬킨 박사는 그를 훤히 꿰뚫어보는 듯했기 때문이다.

"아버지랑 말다툼을 좀 했어요."

그러나 탬킨 박사는 조금도 특별하게 여기지 않았다. "그거야 영원히 변하지 않는 얘기지. 부모와 자식의 근본적 갈등. 그건 영원히 끝나지 않으니까. 자네 아버지처럼 점잖은 어르신도 예외가 아니거든."

"아마 안 끝나겠죠. 아버지와는 의견이 일치한 적이 없어요. 우리 아버지는 제 감정에 사사건건 반대하세요. 다 너절하다고 생각하시거든요. 제가 아버지를 불편하게 하면 아버지는 화를 내세요. 하지만 아버지라면 누구나 그럴지도 모르죠."

"아들도 마찬가지야. 나도 아들이니까 잘 알지." 탬킨 박사가 말했다. "그래도 그렇게 점잖고 당당한 아버지가 계시니 마땅히 자랑스러워해야지. 거기서 희망을 얻기도 하고. 아버지가 오래 사실수록 자네 기대

수명도 길어지니까."

월헬름은 그 말을 곰곰이 생각해보며 대답했다. "아마 그렇겠죠. 하지만 저는 어머니 쪽 유전자를 더 많이 물려받은 듯싶은데 우리 어머니는 오십대 때 돌아가셨어요."

"내가 치료중인 어떤 젊은이와 아버지 사이에도 문제가 생겼는데—방금 상담해주고 나왔다네." 탬킨 박사가 암회색 밀짚모자를 벗으며 말했다.

"이렇게 아침 일찍?" 윌헬름이 미심쩍다는 듯이 말했다.

"물론 전화로 했지."

탬킨이 모자를 벗은 모습은 또 얼마나 꼴불견인가! 복잡하게 생겨먹은 대머리, 갈매기 부리 같은 코, 그나마 잘생긴 눈썹, 허영기 가득한 콧수염, 사기꾼 같은 갈색 눈 따위가 간접조명에 고스란히 드러났다. 체격은 땅딸막하고 다부진데다 목도 짤막해서 커다란 공을 닮은 후두부가 목깃에 딱 붙을 지경이다. 골격이 특이한데, 보통 사람이라면 한 번만 구부러지는 뼈가 두 번씩 구부러진 듯하고 양쪽 어깨는 탑처럼 삐죽삐죽 치솟았다. 허리통이 굵다. 안짱다리로 선 자세는 그가 솔직하지 않거나 감추는 게 많다는 징표일지도 모른다. 손등의 피부는 노화 증상을 보이고, 손톱은 반달이 없고 움푹움푹 꺼지고 갈고리발톱처럼 휘어져 덜렁거릴 듯하다. 눈동자는 비버 털가죽 같은 갈색인데 기이한 선이 가득하다. 크고 꾸밈없는 갈색 눈망울이 자못 신중해 보이는데—정말 그럴까? 그리고 정직해 보이는데—탬킨 박사가 정말 정직한 사람일까? 그의 눈은 사람에게 최면을 거는 능력이 있지만 그 힘이 늘 한결같지는 않고 윌헬름은 그게 온전히 타고난 능력이라고 믿지도 않았다. 그는 탬킨이 의도적으로 기술을 부려 두 눈을 돋보이게 한다고, 어떤 노력을 통해 최면효과를 발휘한다고 생각했다. 가끔은 그 수법이 실패하거나 약해질 때도 있는데, 그럴 때마다 탬킨의 표정은 눈을 떠나 더 아래로 내려가서 붉고 축 늘어진 (좀 멍청해 보이는?) 아랫입술에 머물렀다.

월헬름은 매수한 라드에 관해 이야기하고 싶었는데 탬킨 박사가 말했다. "내가 아는 이 부자 관계가 자네에게도 도움이 될 거야. 심리학적으로 자네 아버지와는 전혀 다른 유형이지. 그 아버지는 아들이 친자식이 아니라고 생각하거든."

"왜요?"

"아들의 어머니가 집안의 오랜 친구와 이십오 년 동안이나 바람을 피웠다는 사실을 알게 됐으니까."

"아니, 그럴 수가!" 월헬름이 말했다. 그러나 속마음은 전혀 달랐다. 순 헛소리. 다 거짓말이야!

"그 여자도 얼마나 흥미로운 사람인지 알아둬야 해. 그 여자한테는 남편이 두 명이었어. 그렇다면 아이들은 누구 자식일까? 그 남자는 여자의 비밀을 알아차렸고, 여자는 네 아이 중 둘은 그 남자 친자식이 아니라는 자술서에 서명했다네."

"놀라운 일이네요." 월헬름이 말했지만 다소 냉담한 말투였다. 탬킨 박사에게 늘 그런 이야기를 들었기 때문이다. 탬킨의 말대로라면 세상 사람 대부분이 그렇게 산다. 이 호텔의 투숙객도 빠짐없이 무슨 정신장애나 은밀한 과거나 병을 감추며 살아간다. 신문 매점을 하는 루빈의 아내는 진 러미를 할 때마다 고함을 지르며 떠들어대는 칼의 정부라고 한다. 이발사 프랭크의 아내는 프랑스에서 배를 타고 건너오다가 부둣가에서 기다리는 남편을 따돌리고 어느 미군을 따라 사라져버렸다고 한다. 사람은 누구나 트럼프 카드에 그려진 얼굴 같아서 어느 쪽에서 보아도 거꾸로 뒤집힌 모습이 있다. 모든 유명인에게는 인격신경증*이 있다. 그중에서도 광기가 가장 지독한 부류는 기업가들인데, 무자비하고 과시적이고 떠들썩한 기업가 계층은 엄격한 태도와 뻔뻔스러운 거짓말과 아무도 믿을 수 없는 터무니없는 말재간 등으로 이 나라를 지배한다. 그들이야말로 누구보다 심하게 미친 자들이다. 그들은 전염병을 퍼뜨린다. 로잭스주식회사를 떠올리며 윌헬름은 수많은 기업가가 미치광이라는 데 공감할 수 있었다. 그리고 탬킨은 괴팍한 일면도 많지만 더러 진실을 말하기도 하고 어떤 이들을 도와주기도 한다고 생각했다. 그런 전염병이 있다는 말은 윌헬름의 의심을 확인해주었다. "박사님 말씀에 전적으로 동의합니다. 기업가들은 뭐든지 거래하고 뭐든지 갈취하면서 뼛속까지 냉소적인 놈들이죠."

"자네가 알아둬야 할 게 있어." 탬킨은 자신의 환자 또는 고객에 대해 밝혔다. "그 어머니의 자백은 무용지물이야. 강요된 자백이니까. 그 젊은이에게도 가짜 자술서 따위는 신경쓰지 말라고 타일렀지. 하지만 내가 아무리 합리적으로 설명한들 무슨 소용이 있겠나?"

"그런가요?" 윌헬름은 몹시 불안했다. "이젠 객장에 가봐야 할 것 같은데요. 곧 개장할 시간이에요."

"아, 진정하게." 탬킨이 말했다. "아직 아홉시도 안 됐고, 어차피 처음

---

* 어떤 인격의 특성이 과장되거나 지나치게 발전된 신경증.

한 시간 동안은 거래도 별로 없어. 시카고에서는 열시 반쯤은 돼야 거래가 활발해지는데, 거긴 여기보다 한 시간 늦다는 사실을 잊지 말게나. 아무튼 내 말대로 라드는 보나마나 오를 거야. 나만 믿으라고. 주식시장 이면에서 작용하는 죄책감과 공격성의 순환과정을 연구했거든. 그 문제라면 내가 조금은 알지. 자네 목깃이나 바로잡으라고."

윌헬름이 말했다. "하지만 이번주에 벌써 한 방 맞았잖아요. 지금 박사님 통찰력이 최선의 상태라고 확신하세요? 안 그렇다면 발을 빼고 기다려야죠."

그러자 탬킨 박사가 말했다. "직진만 해서는 승리할 수 없다는 사실도 모르나? 이기려면 에둘러가야지. 유클리드부터 뉴턴까지는 직선뿐이었어. 그런데 현대는 진동을 분석하는 시대라고. 나도 내 계좌로 피혁과 커피를 샀다가 한 방 먹었어. 그래도 자신 있네. 내가 남들보다 한 수 위라고 믿으니까." 그는 윌헬름에게 어렴풋한 미소를 던졌다. 친근한, 안심시키는, 약삭빠른, 마법사 같은, 타이르는, 은밀한, 설득력 있는 미소였다. 윌헬름의 두려움을 알아차리고 웃어넘기는 미소였다. 탬킨이 말했다. "경쟁요인이 개개인에게 어떤 형태로 나타나는지 간파하는 게 중요하다네."

"그래서요? 어서 가자니까요."

"난 아직 아침도 못 먹었어."

"저는 먹었는데요."

"그럼 커피나 한잔하게."

"아버지와 마주치기 싫은데요." 그러나 유리문 너머로 들여다보니 아버지는 이미 건너편 출입구로 빠져나간 뒤였다. 윌헬름은 생각했다.

아버지도 나와 마주치기 싫었구나. 그는 탬킨 박사에게 말했다. "좋습니다, 같이 앉아 있긴 하겠지만 좀 서둘러주세요. 앉을 자리가 남아 있을 때 객장에 도착하고 싶으니까요. 온갖 어중이떠중이가 먼저 들어가면 곤란하잖아요."

"어떤 남자애와 아버지에 대해 얘기해주겠네. 아주 흥미진진한 얘기지. 그 아버지는 나체주의자였어. 그 집에서는 누구나 알몸으로 돌아다녔지. 아마 부인한테는 오히려 옷을 입은 남자가 더 매력적으로 보였을걸. 남편은 이발도 안 했어. 치과의사였지. 진료실에서는 승마복에 부츠를 신고 초록색 보안경을 썼어."

"아, 쓸데없는 얘기 좀 그만하세요." 윌헬름이 말했다.

"이건 실화라니까."

윌헬름은 느닷없이 웃음을 터뜨렸다. 본인조차 예상치 못한 감정변화였다. 표정이 따뜻해지고 흐뭇해졌다. 아버지도 잊고 근심 걱정도 잊어버렸다. 그는 이를 드러내며 즐겁게, 곰처럼 헐떡거렸다. "그 사람은 말을 돌보는 치과의사였나보네요. 말을 치료할 때는 굳이 바지를 입지 않아도 될 테니까요. 저한테 해주실 얘기가 또 뭐가 있죠? 부인이 만돌린을 연주했나요? 아들이 기병대에 들어갔나요? 아, 박사님은 정말 대단한 분이에요."

"아하, 웃기려고 꺼낸 얘기라고 생각하는군." 탬킨이 말했다. "자네가 내 사고방식을 잘 몰라서 그래. 나는 진실을 다루는 사람일세. 진실은 언제나 충격적인 법이지. 다시 강조하겠네. 진실은 언제나! 충격적이라고."

윌헬름은 모처럼 유쾌해진 기분을 포기하기 싫었다. 박사는 유머감각이 별로 없었다. 탬킨은 진지한 표정으로 윌헬름을 지켜보았다.

"얼마를 걸어도 좋으니까 내기 하나 할까. 자네에 대한 진실도 꽤나 충격적일걸."

"오호—하, 하! 그게 궁금하세요? 경험담 잡지에 팔아도 될 만한 얘기죠."

"사람들은 자신의 행동이 얼마나 충격적인지를 잊어버린 채 살아가지. 본인은 잘 모르거든. 일상생활이라는 배경 속에 묻혀버리니까."

윌헬름은 미소를 지었다. "그 남자애가 사실대로 말했다고 확신하세요?"

"물론이지. 오래전부터 알던 집안이니까."

"친구들한테까지 심리 상담을 해주신단 말이에요? 그런 일이 허용되는 줄은 몰랐는데요."

"내가 이 계통에서 좀 급진적인 편이긴 하지. 기회만 있으면 언제든지 도와주고 싶어하니까."

윌헬름의 표정이 다시 어두워지고 안색이 창백해졌다. 희끗희끗한 금발이 무겁게 가라앉았다. 그는 안절부절못하는 두 손을 맞잡아 테이블에 내려놓았다. 내 인생은 충격적이기도 하고 따분하기도 하니 꽤나 얄궂은 일이다. 이런 상황을 어떻게 이해하면 좋을까? 배경 속에 묻혀 잘 보이지도 않는다는데. 우스우면서도 우습지 않다. 진실이면서도 거짓이다. 탬킨은 매사에 충동적인 듯하면서도 공을 들인다. 탬킨이 평소보다 담담하게 이야기할 때마다 윌헬름은 더욱 수상쩍다고 생각했다.

탬킨 박사가 말했다. "내 경우에는 상담료를 꼭 받지 않아도 될 때 오히려 제일 유능한 편이지. 사랑만으로 행동할 때. 경제적 보상이 없을 때. 그럴 때는 사회적 영향에 초연해지거든. 특히 돈 문제에. 그때는 정신적 보상을 추구할 뿐이지. 사람들을 '지금 여기'로 이끌어주면서. 현실 세계로. 지금 이 순간 말이야. 우리한테 과거는 아무짝에도 쓸모가 없어. 미래는 근심 걱정만 가득하고. 진짜는 현재뿐이야. '지금 여기'뿐이라고. 오늘을 잡아야지."

"그렇군요." 윌헬름은 진지한 태도를 되찾았다. "박사님이 남다른 분이라는 건 알아요. '지금 여기'에 대한 말씀도 마음에 들고. 그런데 박사님을 찾아오는 사람들은 모두 사적인 친구인 동시에 환자이기도 한가요? 이를테면 키 크고 예쁘장한 그 아가씨도, 언제나 화사한 주름치마에 허리띠를 매고 다니는 그 아가씨도 그래요?"

"그 아가씨는 간질병 환자인데 증상이 몹시 심각했지. 내가 치료하는 중인데 성공적이야. 지난 육 개월 동안은 한 번도 발작을 일으키지 않았거든. 전에는 매주 한 번씩은 그랬는데."

"그리고 그 젊은 카메라맨, 우리한테 브라질 밀림에서 찍은 영화를 보여줬던 그 사람, 혹시 그 아가씨 친척 아닌가요?"

"오빠라네. 그 친구도 내가 치료해주는 중일세. 몇몇 끔찍한 버릇이 생겼는데, 간질병을 앓는 여동생이 있으니 이해할 만한 일이지. 두 사람한테 도움의 손길이 절실할 때 마침 내가 나타나서 구해줬어. 여동생 쪽은 마흔 살이나 많은 남자에게 조종당하는 신세였거든. 그 남자가 최면을 걸어놨기 때문에 헤어지려고 할 때마다 발작을 일으켰지. 이 뉴욕이라는 도시에서 어떤 일이 벌어지는지 일 퍼센트라도 알게 되면 정말! 외로운 사람이 한낱 짐승이 되어버린 듯한 기분을 느낀다는 게 어떤 건지는 내가 잘 알지. 밤만 되면 창가에서 늑대처럼 울부짖고 싶어지거든. 내가 그 젊은이와 여동생을 전적으로 돌봐주고 있어. 잘 다독거려주지 않으면 그 친구는 당장 내일이라도 브라질을 거쳐 오스트레일리아까지 날아가버릴걸. 나는 그 친구를 '지금 여기'에 붙잡아두려고 그리스어를 가르친다네."

정말 예상치도 못한 말이 아닌가! "아니, 그리스어까지 아세요?"

"내가 카이로에 있을 때 어떤 친구가 가르쳐줬지. 빈둥거리기 싫어서 그 친구와 아리스토텔레스를 연구했거든."

윌헬름은 탬킨이 주장하는 이 새로운 정보들을 제대로 이해하고 되짚어보려 했다. 밤마다 창가에서 늑대처럼 울부짖는다는 말은 진실일 듯싶었다. 곰곰이 생각해볼 만한 이야기가 분명하다. 하지만 그리스어라니! 윌헬름은 탬킨이 자신의 반응을 유심히 지켜본다는 사실을 깨달았다. 이런저런 일면이 끊임없이 추가되었다. 며칠 전에도 탬킨은 한때 디트로이트 퍼플갱*의 일원으로 암흑가에서 활동했다는 암시를 던졌다. 한때는 톨레도에 있는 정신병원의 원장이었다. 어느 폴란드인 발명가와 함께 절대로 침몰하지 않는 배를 연구하기도 했다. 텔레비전 분야의 기술고문 노릇도 했다. 천재적인 사람이라면 살아가면서 온갖 일을 해낼 수도 있다. 하지만 탬킨이 그런 일들을 다 해냈다고? 탬킨도 천재란 말인가? 그는 정신과의사로서 몇몇 이집트 왕족을 보살폈다는 이야기를 자주 꺼냈다. "하지만 평민이든 귀족이든 사람은 다 비슷비슷하다네. 오히려 귀족이 인생을 더 모른다니까."

탬킨은 캘리포니아에서 어느 이집트 공주를 치료했다면서 그녀의

* 1920년대 미시간주 디트로이트에서 악명을 떨친 범죄조직.

무시무시한 증상들을 윌헬름에게 설명해주었다. 그후 고국으로 돌아갈 때 공주는 탬킨도 함께 데려갔고 그곳에서 그는 공주의 수많은 친구와 친척을 보살피게 되었다. 그들은 탬킨에게 나일강변의 저택 한 채를 하사했다. "윤리적인 이유로 자네에게도 밝힐 수 없는 일이 꽤 많다네." 탬킨은 그렇게 말했지만 윌헬름은 이미 모든 이야기를 자세히 들었는데, 만약 사실이라면 참으로 경이롭고 경악스러운 사건들이었다. 만약 사실이라면. 그러나 윌헬름으로서는 도저히 의혹을 떨쳐버릴 수 없었다. 예컨대 거울 앞에 설 때마다 여성용 실크스타킹 말고는 아무것도 걸치지 않았다는 장군 이야기도 그렇고, 나머지도 모두 마찬가지였다. 탬킨이 신기할 정도로 사실적인 이야기를 늘어놓을 때마다 윌헬름은 탬킨의 말을 일일이 자신의 언어로 번역해야 했는데, 번역하는 속도가 너무 느리거나 적절한 말을 못 찾기 일쑤였다.

"그런 이집트 거물들도 선물시장에 투자하더군. 물론 심심풀이였지. 아무러면 그 사람들이 고작 돈을 더 벌겠다고 그랬겠나? 친분을 쌓은 덕분에 나까지 백만장자가 될 뻔했는데, 그때 내가 더 똑똑하게 굴었으면 어떻게 됐을지 모를 일이야. 대사가 될 수도 있었거든." 미국 쪽 대사? 이집트 쪽 대사? "어떤 친구가 면화에 대해 귀띔해준 적이 있다네. 그래서 면화를 대량으로 사들였지. 나한테는 그런 거액이 없었지만 그곳 사람들은 누구든지 나를 알았으니까. 자기네 패거리에 낀 사람인데 설마 돈이 없으리라곤 상상조차 못하거든. 매매는 전화로 했지. 그런데 면화를 실은 배가 항해하는 사이에 면화 가격이 세 배로 껑충 뛰어버렸어. 그렇게 별안간 시세가 급등하는 바람에 전 세계 면화시장이 발칵 뒤집혔고 사람들이 이 대규모 화물의 주인이 누군지 찾기 시작했지. 바로 나를! 그 사람들이 내 신용을 조사해보더니 한낱 의사에 불과하다는 사실을 확인하고 일방적으로 거래를 취소해버렸어. 그건 불법이지. 그래서 소송을 걸었다네. 하지만 도저히 맞서 싸울 만한 돈이 없으니 결국 어느 월스트리트 변호사한테 단돈 이만 달러에 이 소송사건을 팔아넘길 수밖에 없었지. 변호사는 악착같이 싸웠고 점점 유리해졌어. 결국 상대방이 백만 달러도 넘는 돈을 주겠다고 나서면서 쌍방이 합의했지. 그런데 변호사가 카이로에서 돌아오는 길에 비행기가 추락해버렸어. 탑승자 전원이 사망했고. 그래서 양심의 가책을 느낀다네. 그 변호사는 내가 죽인 셈이니까. 날강도 같은 놈이긴 했지만."

윌헬름은 생각했다. 이따위 허무맹랑한 이야기나 듣고 있다니 나야말로 멍청한 놈이지. 아무래도 나는 인생의 은밀한 사연을 털어놓는 사람들에게 번번이 빠져버리는 호구인 모양이다. 저렇게 터무니없는 소리만 늘어놓는데도.

"나 같은 과학자들은 불합리한 죄의식에 관한 얘기를 자주 하지." 탬킨 박사는 수업 듣는 학생에게 말하듯이 윌헬름에게 말했다. "하지만 그런 상황에서 나는 그까짓 돈 때문에 그놈이 잘못되길 빌었던 거야. 그 사실을 깨달았지. 지금은 시시콜콜 설명할 때가 아니지만 어쨌든 그 돈이 나를 죄인으로 만들었어. 돈Money도 살인Murder도 'M'으로 시작하잖아. 기계Machinery도 그렇고. 불행Mischief도."

윌헬름은 머릿속에 떠오르는 대로 지껄였다. "그럼 자비Mercy는 뭐죠? 인류애Milk-of-human-kindness는요?"

"지금쯤 자네도 한 가지 사실을 깨달았겠지. 돈벌이는 곧 공격성이라는 사실. 그게 핵심이라고. 기능주의적 해석이 유일한 답일세. 사람들은 뭔가를 죽이려고 객장에 모여들거든. 다들 이렇게 말하지. '이번엔 끝장을 봐야겠어.' 이건 우연이 아니야. 다만 진정한 용기가 없어서 차마 죽이지 못하니까 상징적 대상을 설정한 거라고. 돈 말이야. 누구나 크게 한몫 잡는 순간을 꿈꾸지. 그런데 뭔가를 헤아리는 일은 언제나 가학적인 짓이거든. 뭔가를 때리는 일처럼. 성경책에서도 유대인들은 아무도 자기네 숫자를 헤아리지 못하게 했지. 그게 가학적이라는 사실을 알았기 때문이야."

"무슨 말씀인지 모르겠네요." 윌헬름이 말했다. 이상한 불안이 그를 괴롭혔다. 날씨가 너무 더워져 머리가 둔해진 듯했다. "사람들은 왜 뭔가를 죽이고 싶어하죠?"

"자네도 차차 알게 될 거야." 탬킨 박사가 장담했다. 그의 놀라운 눈은 갈색 털가죽처럼 선명하면서도 건조했다. 또렷한 눈동자의 표면에서 투명한 터럭이나 빛나는 바늘 모양의 물체가 무수히 반짝거렸다. "그걸 이해하려면 적어도 몇 년 동안은 인간과 동물의 행동원리를 연구하면서 생명의 심오한 화학적, 유기적, 정신적 비밀을 파헤쳐야 한다네. 나는 심리학적 시인이지."

"박사님이 그런 시인이라면……" 윌헬름은 주머니 속의 작은 약봉지 중에서 페나펜 캡슐이 담긴 봉지를 더듬더듬 찾으며 물었다. "객장에는 왜 나가세요?"

"좋은 질문일세. 어쩌면 나는 결과에 연연하지 않아서 투기를 더 잘하는지도 몰라. 기본적으로 돈을 그리 탐내지 않으니까 냉정한 판단력을 유지할 수 있거든."

월헬름은 생각했다. 퍽도 그렇겠다! 저걸 대답이라고 한단 말이야?

내가 좀 세게 나가면 보나마나 저자세로 나올 주제에. 아마 내 앞에서 설설 기겠지. 내가 속아넘어가는지 보려고 몰래 훔쳐보는 저 꼬락서니하고는! 윌헬름은 물을 길게 들이켜며 페나펜 한 알을 삼켰다. 약이 넘어갈 때 눈시울이 붉어졌다. 이윽고 마음이 좀 가라앉았다.

"만족스러운 답변을 해줄 수 있을지 모르겠군." 탬킨 박사가 말했다. 그의 앞에는 핫케이크 접시가 놓여 있었다. 그는 버터를 바르고 메이플 시럽을 뿌리고 핫케이크를 사등분한 후 억센 턱을 부지런히, 활기차게 움직이며 꾸역꾸역 먹기 시작했다. 이따금 턱관절에서 삐걱거리는 소리가 났다. 그는 나이프 손잡이로 자신의 가슴을 누르며 말했다. "이 속에는, 인간의 가슴속에는—자네에게도, 나에게도, 누구에게도—영혼이 하나만 있는 게 아니야. 영혼은 아주 많아. 그렇지만 그중 으뜸은 둘인데 그게 바로 진짜 영혼과 가짜 영혼이지. 그런데! 사람은 누구나 뭔가를 혹은 누군가를 사랑해야 한다는 사실을 깨닫게 되기 마련일세. 그럴 때는 자신을 벗어나고 싶은 충동을 느끼지. '사랑조차 못한다면 그대는 무엇입니까?' 내 말 알아듣겠나?"

"예, 박사님, 알 것 같습니다." 윌헬름은 조금 미심쩍어하면서도 열심히 귀를 기울였다.

"'그대는 무엇입니까?' 아무것도 아니지. 그게 정답일세. 아무것도 아니라고. 냉정하게 따져보면 아무것도 아니란 말이야! 그러니 당연히 견딜 수 없고, 그래서 뭔가가 되려고 노력하기 마련이거든. 그런데 뭔가가 되기는커녕 남을 속이는 데만 급급한 사람도 있어. 자신에게 그리 엄격하지 못한 탓이지. 그래서 조금만 사랑할 수 있어. 예컨대 개를 기른다든지—" (시저스!) "자선모금에 소액을 기부한다든지. 그런데 사실 그건 사랑이 아니잖아? 그럼 뭘까? 이기심일 뿐이지. 그건 가짜 영혼을 사랑하는 방식이야. 허영심이지. 허영심일 뿐이라고. 사회적 통제 때문이기도 하고. 가짜 영혼의 이해 관계는 사회생활, 즉 사회체제의 이해 관계와 일치하니까. 이거야말로 인생의 크나큰 비극이지. 아, 끔찍해! 끔찍하다고! 인간은 자유롭지 않아. 배신자는 우리 내면에서 우리를 팔아먹지. 그런데도 인간은 노예처럼 복종할 수밖에 없어. 그 놈은 인간을 말 다루듯이 혹사해. 그런데 무엇을 위해서? 누구를 위해서?"

"그러게요, 뭘 위해서죠?" 박사의 말이 윌헬름의 마음을 사로잡았다. "전적으로 동감합니다. 우리는 언제쯤 자유로워질까요?"

"그런 상태를 계속 유지하는 게 목적이지. 그 대가는 진짜 영혼이 치르게 되고. 괴로워하다가 병이 들고 나서야 비로소 가짜 영혼을 사랑하면 안 된다는 걸 깨닫게 되거든. 가짜 영혼은 거짓말쟁이니까. 진짜 영혼은 진실을 사랑하기 마련이고. 그렇게 됐을 때 진짜 영혼은 가짜 영혼을 죽여버리고 싶어해. 사랑이 미움으로 변하는 거야. 그런 사람은 위험해. 살인자니까. 사기꾼을 죽여야 하니까."

"누구나 겪는 일인가요?"

탬킨 박사는 딱 잘라 말했다. "그래, 누구나 겪는 일이지. 물론 영혼이라는 말은 더 쉽게 설명하려고 선택했을 뿐이야. 과학적 용어는 아니지만 이해하기 편하니까. 뭔가를 죽일 때마다 살인자는 내면에서 자신을 속이고 기만했던 영혼을 죽여버리고 싶어지지. 그렇다면 적이 누굴까? 자신이야. 애인은 누구지? 역시 자신이야. 그래서 모든 자살이 살인이고 모든 살인이 자살이라네. 둘 다 동일한 현상이지. 생물학적으로 표현하자면 가짜 영혼이 기생충처럼 진짜 영혼의 에너지를 쪽쪽 빨아 먹어 무력화시키는 셈이라고. 인간의 내면 깊은 곳에서 부지불식간에, 자신도 모르는 사이에 벌어지는 일이지. 자네 혹시 기생충학 좀 공부해 봤나?"

"아뇨, 의사는 우리 아버지잖아요."

"자네도 책 한 권쯤은 읽어봐."

윌헬름이 말했다. "하지만 박사님 말씀대로라면 세상에는 살인자들이 우글거리겠네요. 그렇다면 세상이라고 할 수도 없죠. 지옥과 다름없잖아요."

"그렇고말고." 박사가 말했다. "적어도 연옥 같은 곳이지. 시체를 밟으며 돌아다니는 셈이야. 시체가 사방에 널렸으니까. 시체들이 절망의 구렁텅이에서 두 손 맞잡고 울부짖는 소리가 들려. 나는 그 소리를, 불쌍한 인간 짐승들의 울음소리를 듣는다네. 듣기 싫어도 안 들을 수가 없어. 눈에 보이기도 하고. 그래서 나도 울어버릴 수밖에 없지. 이거야말로 인간의 희비극일세."

윌헬름은 그런 광경을 떠올려보려고 노력했다. 그러나 박사가 그리 믿음직스러워 보이지 않아서 다시 의혹을 품었다. 윌헬름이 말했다. "세상에는 남을 잘 도와주는 친절하고 평범한 사람도 있잖아요. 그런 사람들은—주로 시골에 있죠. 아주 많이. 그건 그렇고, 박사님은 도대체 얼마나 섬뜩한 책을 읽으시는 거예요?" 박사의 방에는 책이 가득했다.

"탁월한 문학, 과학, 철학 서적을 읽지." 탬킨 박사가 대답했다. 윌헬름은 박사의 방에서 텔레비전 안테나마저 책 무더기 위에 놓인 것을 본 적이 있었다. "코집스키*, 아리스토텔레스, 프로이트, W. H. 셸던**, 그리고 모든 위대한 시인. 자네는 문외한 같은 대답만 하는군. 이런 분야를 철저히 공부한 적이 없으니까."

"흥미진진하긴 해요." 윌헬름이 말했다. 그는 어떤 분야도 철저히 공부한 적이 없고 본인도 그 사실을 알고 있었다. "그렇다고 바보 취급은 하지 마세요. 저도 이런저런 생각을 하니까요." 벽시계를 보니 어느새 증권시장 개장이 임박했다. 아직 몇 분 정도는 시간 여유가 있다. 탬킨에게 이것저것 더 듣고 싶었다. 윌헬름은 탬킨의 이야기에 허점이 많다는 사실을 알아차렸지만 어차피 모든 과학자가 문학적 소양을 갖추지는 못할 터였다. 그런데 두 가지 영혼에 대한 설명은 놀라웠다. 그는 토미 쪽이 가짜 영혼이라고 생각했다. 어쩌면 윌키조차도 진정한 자아는 아닐지도 모른다. 혹시 그의 진짜 영혼은 할아버지가 지어준 별명 벨벨***이 아닐까? 그러나 영혼의 이름은 영혼 그 자체일 수밖에 없다. 영혼은 어떻게 생겼을까? 내 영혼도 나처럼 생겼을까? 아버지처럼 생긴 영혼도 있을까? 탬킨처럼 생긴 영혼도? 진짜 영혼은 어디서 힘을 얻을까? 진짜 영혼은 왜 진실을 사랑할 수밖에 없을까? 윌헬름은 번민에 시달렸지만 번민을 잊으려고 노력했다. 내심 그는 탬킨 박사가 유익한 조언으로 인생을 확 바꿔주길 바랐다. 윌헬름이 말했다. "예, 박사님 말씀은 알아들었어요. 헛수고만 하신 건 아니에요."

"내 말은 자네가 똑똑하지 않다는 게 아니라 이런 공부를 안 해봤다

---

* 폴란드 태생의 미국 논리학자.

** 미국 심리학자.

*** Velvel. 이디시어로 '늑대'를 뜻하며, 윌리엄 또는 윌헬름의 애칭이기도 하다.

는 거야. 사실 자네는 생각이 깊은 사람이고 창의력도 뛰어나지만 불안도 많아서 탈이야. 자네가 걱정스러워서 언젠가부터 내가 치료해주고 있었지."

"저도 모르게 치료하셨다고요? 저는 아무것도 알아차리지 못했는데요. 그 말씀은 무슨 뜻이죠? 저도 모르게 치료를 받고 싶진 않은데요. 마음이 반반이에요. 뭐가 문제죠, 제가 정상이 아니라고 생각하세요?" 실제로 마음이 반반이었다. 탬킨 박사의 관심이 고맙기도 했다. 윌헬름은 누군가 관심을 가져주고 안녕을 빌어주길 갈망했다. 친절과 연민을 원했다. 그러나—이 대목에서 그가 독특한 동작으로 두툼한 어깨를 으쓱거리자 양손이 옷소매 속으로 숨어들고 두 발이 테이블 밑에서 안절부절 움찔거렸다—그러나 한편으로는 걱정스럽기도 하고 조금은 불쾌하기도 했다. 부탁하지도 않았는데 탬킨이 무슨 권리로 내 일에 간섭하지? 늘 특별대우를 받으며 살아온 사람인가? 탬킨은 남의 돈으로 투기를 한다. 모든 사람을 보살피려 한다. 탬킨에게는 어떤 비밀도 감출 수 없다.

박사는 속내를 헤아릴 수 없는 강렬하고 우울한 갈색 눈으로 윌헬름을 바라보았다. 빛나는 대머리, 붉고 축 늘어진 아랫입술. 박사가 말했다. "자네는 죄의식이 많은 사람이야."

너부데데한 얼굴이 화끈 달아올랐다. 윌헬름은 어쩔 수 없이 인정했다. "예, 저도 그렇게 생각합니다." 그러고 나서 덧붙였다. "하지만 제가 살인자라고 생각하진 않습니다. 늘 웬만하면 넘어가려고 노력하거든요. 그런데 남들이 저를 내버려두지 않아요. 그래서—중압감에 시달리죠. 그러니까 박사님만 괜찮으시다면, 어느 쪽이든 상관없다면, 저를 치료하기 전에 미리 말씀해주시면 좋겠어요. 그런데 박사님, 이런, 벌써 점심 메뉴를 내놓기 시작했어요. 빨리 계산하고 이젠 출발하죠!"

탬킨은 윌헬름의 말에 따랐고 두 사람은 자리에서 일어났다. 그들이 경리 담당자의 책상 앞을 지나갈 때 탬킨이 두툼한 종이 다발을 꺼내며 말했다. "이게 다 거래명세서야. 사본이지. 자네 명의로 된 계좌니까 자네가 보관하게. 소득세 낼 때 필요할 테니까. 그리고 이건 내가 어제 쓴 시라네."

윌헬름이 말했다. "프런트에 들러 아버지 앞으로 몇 줄 남겨야겠어요." 그는 숙박비 청구서를 봉투에 넣고 메모지를 동봉했다. 아버지, 이번 달만 도와주세요. 아들 W. 그는 퍼그처럼 옆얼굴이 부루퉁하고 고집스럽게 생긴 호텔 직원이 봉투를 아버지의 우편함에 넣을 때까지 지켜보았다.

"아버지하고 다툰 진짜 이유를 물어봐도 될까?" 멀찌감치 서서 기다리던 탬킨 박사가 말했다.

"제 장래에 관한 얘기였죠." 윌헬름이 말했다. 그는 양손을 바지 주머니에 넣은 채, 마치 움직이는 탑처럼 바삐 걸음을 옮겨 계단을 내려갔다. 이런 문제는 말하기도 남부끄러웠다. "아버지는 제가 예전 직장으로 돌아갈 수 없는 이유가 있을 거라고 하시는데 그건 사실이에요. 제가 사람들한테 곧 회사 임원이 된다고 떠벌렸거든요. 실제로 그럴 예정이었죠. 그런 약속을 받았어요. 그런데 약속을 어기고 사위를 그 자리에 앉히더군요. 저는 막 뻐기면서 거물 행세를 해버렸는데."

"자네만 좀 겸손해지면 복직할 수도 있겠지. 어쨌든 그 일은 별로 중요하지 않잖아. 선물시장에서 넉넉히 벌어들일 테니까."

그들은 어퍼브로드웨이의 햇빛 속으로 들어갔지만 이 가짜 대기는 맑기는커녕 먼지와 매연이 가득했고 버스마다 폭발적으로 뿜어내는 배기가스가 눈높이까지 차오른 것이 보일 정도였다. 윌헬름은 습관적으로 목깃을 세웠다.

"그냥 궁금해서 그러는데요." 윌헬름이 말했다. "손실액이 예치금보다 더 커지면 어떻게 되는 거죠?"

"걱정 말게. 최신식 전자회계 설비가 있으니까 자네가 빚을 지는 일은 없어. 필요할 때는 자동으로 자네를 빼놓으니까. 어쨌든 자네가 이 시를 좀 읽어줬으면 좋겠어. 아직 안 읽었잖아."

뉴어크공항에서 라과디아공항까지 우편물을 배달하는 헬리콥터 한 대가 메뚜기처럼 가볍게 날아오르더니 도시를 가로질러 멀어져갔다.

윌헬름이 펼친 종이에는 빨간색 잉크로 인쇄한 테두리가 있었다. 그는 시를 읽어보았다.

기계주의 대 기능주의
이즘Ism 대 히즘Hism

그대가 얼마나 위대한지
얼마나 더 위대해질지 스스로 깨달으면,
기쁨-아름다움-온갖 환희를 경험하리라.
뭍-달-바다, 이 삼위일체가 발치에 놓였도다.

삼라만상이 그대 몫이거늘

엇디하야 머뭇거리며
한날 껍데기에 연연하여
보잘것없는 지표면을 배회하는가?

존재하지 않는 것을 찾으며
내면의 영광에서 안식을 얻으라.
보라. 그대의 권능이 미미하지 않도다.
그대는 왕이니. 그대야말로 으뜸이니.

똑바로 앞을 보라.
눈뜨고 보라.
'고요의 산' 기슭에
영원의 요람이 있으리라.

윌헬름은 몹시 어리둥절해 내심 분통을 터뜨렸다. 뭐가 이렇게 뒤죽박죽이야, 이게 다 무슨 헛소리냐고! 대체 나한테 뭘 바라는 거지? 망할 놈의 인간, 차라리 내 뒤통수를 후려갈기든지, 때려눕히든지, 죽여버리든지. 이따위 시는 왜 보여주는 거야? 대체 목적이 뭐야? 의도적인 시험인가? 나를 난감하게 만들 셈인가? 안 그래도 자기 때문에 난감하기 짝이 없는데. 수수께끼를 푸는 데는 소질도 없는데. 그 700달러는 날아간 셈 치고 내 인생의 수많은 실수 중 하나로 여겨야 할까—맙소사, 실수투성이 인생! 그는 탬킨이 준 종이를 손에 쥐고 값비싼 청과점의 빛나는 유리창 앞에 서 있었다. 눈앞에서 카메라 플래시가 터진 듯이 좀 얼떨떨했다.

그러나 탬킨이 내 반응을 기다리고 있다. 그의 시에 대해 무슨 말이든 해줘야 한다. 정말 짜증스러운 일이다. 뭐라고 말하지? 여기 나오는 왕은 누굴까? 이 시에는 대상이 있다. 그런데 그게 누구야? 차마 입을 열지도 못하겠다. 말을 꺼낼 수조차 없다. 말문이 막히다못해 숨이 막힐 지경이다. 이 사람은 책도 많이 읽는다면서 글을 왜 이따위로 쓸까? 그리고 사람들은 왜 자기가 하는 말을 누구나 알아들을 거라고 함부로 단정할까? 천만에, 나도 모르고 아무도 모른다. 행성도 모르고 별도 모르고 끝없는 우주도 모른다. 플랑크 상수*로도 무엇으로도 계산이 맞지 않는다. 그렇다면 다 무슨 소용인가? 무슨 쓸모가 있나? '고요의 산'은 또 무슨 뜻이지? 에베레스트산을 뜻하는 비유일까? 탬킨이 말했듯이 누구나 자살하는 것이라면 에베레스트산을 오르는 사람마다 목숨을 끊으러 가는 셈인데, 평화를 원한다면 차라리 산기슭에 머물러야 할지도 모른다. '지금 여기'에. 그러나 산비탈도 '지금 여기'이며 사람들이 오늘을 잡겠다고 올라가는 산꼭대기도 마찬가지다. 보잘것없는 지표면이라는 말은 진담일 리가 없다. 진담이라고는 믿을 수 없다. 슬슬 화가 난다. '영원의 요람이……' 도대체 누가 요람에 누워 영광을 누린단 말인가? 생각이 가로막혔다. 벽이 만져진다. 더는 못 참겠다. 빌어먹을! 돈이고 뭐고. 다 가져가라! 돈이 있을 때는 모두가 나를 산 채로 뜯어먹는다. 영화에 나오는 브라질 밀림의 피라냐처럼. 이 물고기들이 강물 속에서 물소를 뜯어먹는 장면은 정말 참혹했다. 물소는 점토처럼 허

---

* 양자역학의 기본 상수.

옇게 변했다가 오 분 만에 깨끗이 사라져버렸고 아직도 하나로 이어진 해골만 남아 물살에 떠내려갔다. 나도 그렇게 아무것도 없는 빈털터리가 되면 적어도 나를 괴롭히는 사람은 없겠지.

"그래, 어떻게 생각하나?" 탬킨 박사가 물었다. 그는 왠지 거만해 보이는 독특한 미소를 지었다. 마치 자기가 어떤 사람인지 이제야 알겠느냐는 듯이.

"좋네요. 아주 좋아요. 오래 걸렸나요?"

"오랜 세월에 걸쳐 발전시킨 사고방식이지. 처음부터 끝까지 다 이해했나?"

"여기서 '그대'가 누굴까 궁리하는 중입니다."

"그대? 그대는 바로 자네야."

"저라뇨! 왜요? 이 시가 저한테 들어맞는단 말입니까?"

"안 맞을 이유도 없지. 이 시를 지을 때 자네 생각도 했으니까. 물론 이 시의 주인공은 병든 인류야. 인류가 눈만 뜨면 위대해질 거라고."

"그야 그렇겠지만 제가 여기 왜 들어가죠?"

"이 시에서 핵심적인 개념은 창조력과 파괴력이라네. 둘 사이에 중간은 없어. 기계주의는 파괴력이야. 돈도 물론 파괴력이지. 최후의 무덤을 팔 때도 일꾼은 기어이 돈을 받아낼걸. 자연을 신뢰할 수만 있다면 두려워하지 않아도 돼. 자연이 우리를 지켜줄 테니까. 자연은 창조적이거든. 빠르고, 너그럽고, 영감을 주고. 자연은 나뭇잎을 만들어내지. 지구상의 물을 이리저리 돌리기도 하고. 그리고 인간은 만물의 영장이야. 모든 피조물이 인간의 정당한 상속재산이지. 그런데 우리는 자신의 잠재능력을 깨닫지 못해. 사람은 창조하거나 파괴하지. 중립은 없으니까…….”

“박사님이 초보가 아니라는 건 알겠어요.” 윌헬름이 예의바르게 말했다. “제가 비평할 만한 부분은 하나뿐이에요. ‘엇디하야’는 어울리지 않는다고 생각하거든요. 그 말보다는 ‘어찌하여 머뭇거리며……’” 그러면서 생각했다. 그래서 어쨌다는 거냐? 나는 도박을 해버렸다. 그렇지만 이 위기를 넘기려면 기적이라도 일어나야 할 판이다. 내 돈이 사라져버리면 나를 파괴하는 일도 없겠지. 어쨌든 탬킨도 손을 놓고 그 돈을 고스란히 잃어버릴 입장은 아니다. 자기 돈도 들어갔으니까. 나는 탬킨도 형편이 안 좋다고 생각한다. 틀림없다. 이제 생각해보니 내가 그렇게 확신하는 것은 그가 수표에 서명할 때 진땀을 흘렸기 때문이다. 그랬는데 어쩌자고 이런 일에 말려들었지? 지구상의 물이 나를 덮치겠구나.

5장

청과점 유리창 안쪽에서는 한 남자가 얼음주걱을 들고 줄줄이 진열한 채소 사이사이에 잘게 부순 얼음을 꼼꼼히 채워갔다. 그곳에는 페르시아멜론, 라일락, 중심부에 새까만 방사상 무늬가 찍힌 튤립도 있었다. 길거리의 잡다한 소음이 동굴 같은 하늘로 올라갔다가 잠시 후 되돌아왔다. 브로드웨이에서 밀물 같은 차량 행렬을 가로지르며 윌헬름은 생각했다. 탬킨이 나에게 훈계를 늘어놓는 것은 누군가 그에게 훈계했기 때문이고, 나에게 시를 보여준 것은 유익한 조언을 해주고 싶었기 때문이다. 다들 뭔가를 아는 듯하다. 탬킨 같은 사람까지. 무엇을 해야 하는지 아는 사람은 많지만 과연 실천할 수 있는 사람은 얼마나 될까?

윌헬름은 인생에서 바람직하고 즐겁고 평화로운 요소들을 되찾아야 한다고, 되찾을 수 있다고 믿었다. 많은 실수를 저질렀지만 모두 잊어버리자. 바보처럼 살았지만 이제 용서받을 만도 하다. 낭비해버린 세월은—단념할 수밖에 없다. 달리 어쩔 도리가 없지 않은가? 상황이 너무 복잡하지만 어떻게든 다시 단순하게 정리할 수 있겠지. 회복은 가능하다. 우선 이 도시를 떠나야 한다. 아니지, 먼저 돈부터 회수하고……

두 사람은 난장판 같은—손수레, 아코디언과 바이올린, 구두닦이, 거지, 죽마 타는 여자처럼 이리저리 맴도는 먼지—길거리를 벗어나 증권사 지점의 좁고 혼잡한 객장으로 들어갔다. 브로드웨이답게 바깥쪽부터 안쪽까지 군중이 꽉꽉 들어찼다. 어쨌든 오늘 라드 시세는 어떻게 됐을까? 객장 뒤쪽에서 윌헬름은 조그마한 숫자들을 읽어보려 애썼다. 독일인 지점장도 쌍안경을 들여다보는 중이었다. 탬킨이 윌헬름의 왼쪽으로 따라붙더니 눈에 잘 띄는 대머리를 얼른 가렸다. "저 친구가 나를 보면 증거금 문제부터 따지겠지." 탬킨이 툴툴거렸다. 그러나 그들은 지점장에게 들키지 않고 무사히 지나갔다. "저기 봐, 라드는 제자리야." 탬킨이 말했다.

이렇게 멀리서 수많은 머리통 너머로 숫자를 읽어내다니 시력이 아주 좋은 모양인데—탬킨의 남다른 일면을 하나 더 보는구나.

객장은 늘 붐빈다. 모든 사람이 끊임없이 지껄인다. 현황판 내부의 바퀴들이 파닥거리며 회전하는 소리는 앞자리에서만 들을 수 있다. 현황판 위의 전광판에는 텔레타이프로 전송되는 각종 뉴스가 지나간다.

"라드는 그렇고. 호밀은 어떻게 됐지?" 탬킨이 발돋움하며 중얼거렸다. 객장에서는 딴사람이라도 된 듯이 활발하고 성급하다. 탬킨이 앞을 가로막은 사람들 사이로 비집고 들어갔다. 얼굴은 사뭇 결연한 표정인데 특이하게도 콧수염 밑에서 양쪽 입가가 볼록볼록 튀어나왔다. 그는 벌써 현황판에서 새로운 추세를 발견하고 손가락으로 가리켰다. "오늘 무슨 일이 생긴 모양인데." 탬킨이 말했다.

"그런데 어쩌자고 아침을 그렇게 오래 드셨어요?" 윌헬름이 말했다.

객장에는 지정석이 따로 없지만 습관에 따라 자리가 정해지기도 했다. 탬킨은 언제나 두번째 줄에 앉았는데 통로를 중심으로 구분해놓은 선물시장 구역이었다. 몇몇 지인이 모자를 의자에 벗어놓아 탬킨의 자리를 맡아두었다.

"고맙소. 고맙소." 탬킨이 말하더니 윌헬름을 돌아보며 설명했다. "어제 미리 부탁해놨지."

"잘하셨어요." 윌헬름이 말했다. 두 사람은 자리에 앉았다.

벽면 옆에는 늙은 중국인 사업가가 무명 상의를 걸치고 두 손을 포갠 자세로 앉아 있었다. 반질반질하고 뚱뚱한 이 남자는 새하얀 수염을 길렀다. 일전에 윌헬름은 리버사이드 드라이브에서 이 사람이 여자아이 두 명을 유모차에 태우고 지나가는 모습을 본 적이 있었다. 아마 손녀들이겠지. 남자 옆에는 자매 사이라는 오십대 여자 둘이 있었는데 탬킨의 말에 따르면 눈치 빠르고 유능해 돈을 잘 번다고 한다. 그들은 윌헬름에게 한마디도 하지 않았다. 그러나 탬킨과는 스스럼없이 잡담을 나눴다. 탬킨은 아무하고나 대화를 주고받았다.

윌헬름은 늙수그레한 롤런드 씨와 늙어빠진 래퍼포트 씨 사이에 앉았다. 롤런드는 어제 윌헬름에게 자신에 관한 이야기를 들려주었다. 그가 하버드대학 3학년이었던 1908년, 생일선물로 어머니에게 철강 주식 20주를 받으면서부터 경제 뉴스를 읽어보기 시작했고 결국 변호사

개업은 해보지도 않은 채 한평생 금융시장에 전념했다고 한다. 요즘은 자기가 잘 아는 대두 한 종목에만 투자한다. 탬킨은 롤런드가 신중한 투자방식을 고수하며 매주 200달러의 수익을 올린다고 말했다. 소액이긴 하지만 어차피 독신인데다 은퇴했으니 많은 돈이 필요하지도 않았다.

"부양가족이 없으니까." 탬킨이 말했다. "자네와 나 같은 문제는 안 겪어도 되거든."

탬킨에게도 부양가족이 있었나? 사람이 갖출 수 있는 것은 다 갖췄구나. 과학, 그리스어, 화학, 시, 이번엔 부양가족까지. 어쩌면 간질병을 앓는다는 그 예쁜 아가씨일지도 모른다. 탬킨은 그녀가 순수하고 고상하고 경이로운 아가씨라면서 세상 물정을 하나도 모른다고 자주 말했다. 그는 그녀를 보호했고, 거짓말이 아니라면 애지중지했다. 그의 말을 믿어주고 질문을 자제할수록 탬킨은 용기를 얻어 점점 더 대담한 이야기를 털어놓았다. 언제는 그녀의 음악 레슨비를 대신 내준다는 말을 꺼냈다. 언제는 그녀의 오빠가 브라질로 촬영 여행을 갈 때 경비를 부담해준 듯싶기도 했다. 죽은 애인이 남긴 아이에게 양육비를 대준다고 말하기도 했다. 그렇게 혼잣말하듯 중얼거리는 이야기는 되풀이할수록 점점 부풀어 충격적인 수준으로 발전해갔다.

"나 혼자라면 많이 필요하진 않겠지." 탬킨이 말했다. "하지만 남자가 제 생각만 하면서 살 수도 없고 몇몇 중요한 일에도 돈이 들거든. 자네는 돈이 얼마나 있으면 그럭저럭 지낼 만하겠나?"

"세금 빼고 만오천 달러쯤은 있어야겠죠. 아내와 아들 둘한테 들어가는 돈만 해도."

"다른 사람은 없고?" 탬킨이 잔인할 정도로 짓궂게 물었다. 그러나 윌헬름이 또하나의 슬픔을 떠올리기 싫어 머뭇거리자 탬킨의 표정이 차츰 따뜻해졌다.

"음—있긴 있었죠. 하지만 돈 문제와는 무관한 일입니다."

"마땅히 그래야지!" 탬킨이 말했다. "참다운 사랑은 공짜니까. 그래도 만오천 달러라면 자네처럼 똑똑한 사람한테 과분한 수입은 아니겠군. 멍청이나 무자비한 범죄자나 살인자도 몇백만 달러씩 흥청망청 쓰면서 사는데. 그런 놈들이 세상을 태워버리지. 석유, 석탄, 나무, 금속, 토양까지, 하다못해 대기와 하늘까지 다 빨아먹는단 말이야. 마구 써버리기만 하고 채워놓을 생각은 안 하거든. 반면에 자네 같은 사람은, 자네처럼 겸손한 사람, 많은 것을 느끼며 사는 사람은 고생하기 마련인데—" 탬킨은 여느 때처럼 부연 설명을 잔뜩 붙여가며 말했다. "사회적 권력을 한아름 준다고 한들 영혼 한줌도 팔아먹지 않으니까—누가 도와주지 않으면 이런 세상에서 성공할 수 없거든. 하지만 걱정 말게." 윌헬름은 탬킨의 격려에 냉큼 매달렸다. "신경쓰지 말라고. 자네가 원하는 금액 정도는 거뜬히 넘어갈 테니까."

탬킨 박사는 윌헬름에게 안도감을 주었다. 그는 선물 투자로 일주일에 천 달러까지 벌어봤다고 말했다. 윌헬름은 거래명세서를 일일이 살펴봤지만 출금명세서도 있을지 모른다는 생각은 지금 이 순간까지 못한 터였다. 탬킨이 입금명세서만 보여주었기 때문이다.

"하지만 만오천 달러도 지나친 욕심은 아닐세." 탬킨이 말을 이었다. "그 정도로 충분하다면 길바닥에서 발이 닳도록 돌아다니며 속 좁은 사람들을 상대할 필요도 없고. 그중에는 유대인을 싫어하는 인간도 꽤 많지 않나?"

"그런 일까지 신경쓸 겨를이 없었죠. 일자리가 있을 때는 운이 좋은 편이기도 하고. 박사님 말씀은 우리 돈을 무사히 되찾을 수 있다는 뜻입니까?"

"참, 어제 장 마감하기 전에 내가 뭘 했는지 아직 말해주지 않았나? 라드 거래 한 건을 도로 팔고 12월물 호밀을 샀거든. 호밀은 벌써 3포인트나 올랐으니까 그만큼 손해를 줄인 셈이지. 하지만 라드도 곧 오를 거야."

"호밀이 어디죠? 아하, 정말 그렇군요." 윌헬름은 반색하며 일어나 현황판을 확인했다. 새로운 희망에 마음이 가벼워졌다. "왜 진작 말씀하지 않으셨어요?"

그러자 탬킨은 너그러운 마법사처럼 미소를 지었다. "사람을 좀 믿어보라고. 라드 내림세는 오래갈 리가 없어. 그리고 저기 달걀 시세 좀 보게. 내가 달걀은 더 내려가지 않는다고 장담하지 않았나? 저렇게 오르고 또 오르잖아. 우리도 달걀을 샀으면 많이 벌었을 텐데."

"그런데 왜 안 사셨어요?"

"사려고 했지. .24에 매수 주문을 걸어놨는데 .26 ¼에서 도로 올라가 버리는 바람에 아깝게 놓쳐버렸어. 그래도 괜찮아. 라드는 작년 수준을 다시 회복할 테니까."

그럴지도 모른다. 하지만 언제? 너무 큰 희망을 품으면 곤란하다. 그래도 잠시나마 숨을 쉬기가 편해졌다. 시간이 갈수록 거래가 활발해졌다. 현황판에서 빛나는 숫자들이 후르르 변해갔다. 거대한 새장 속에서 인조 새들이 내는 소리 같다. 라드 시세는 두 포인트 사이를 오락가락

했지만 호밀은 서서히 올라갔다.

월헬름은 너무 열중하느라 피곤해진 눈을 잠시 감고 불상을 닮은 머리를 숙였다. 이런 불확실성을 감당하기에는 머리가 너무 크고 무거웠다. 그렇게 잠시 평화를 누리며 록스버리의 작은 정원으로 건너갔다.

그는 청순한 아침의 달콤한 공기를 들이마셨다.

새들의 긴 노래를 들었다.

그의 목숨을 노리는 적은 아무도 없었다.

월헬름은 생각했다. 여기서 떠나야겠다. 이제 뉴욕은 내가 머물 곳이 아니다. 그러면서 잠든 사람처럼 한숨을 푹 쉬었다.

"실례하겠네." 탬킨이 의자에서 일어났다. 그는 객장에서 한자리에 앉아 있지 못하고 주식 구역과 상품 구역 사이를 오락가락했다. 탬킨은 아는 사람만 수십 명이었고 그들과 끊임없이 대화를 주고받았다. 조언을 해주는지, 정보를 수집하거나 제공하는지, 아니면 직업상의 상담을 하는지—도대체 그가 하는 일은 뭘까? 최면술일까? 어쩌면 사람들에게 말을 걸어 최면 상태에 빠뜨리는지도 모른다. 참으로 희귀하고 별난 한 마리 새 같지 않은가. 저 삐죽삐죽한 어깨, 반들반들한 대머리, 갈고리발톱 모양으로 벌어진 손톱, 그리고 온화하면서도 강렬하고 우울한 갈색 눈.

탬킨은 여러 가지 중요한 문제에 관해 이야기하는데, 그러는 사람이 매우 드물기 때문에 상대방은 놀라거나 흥분하거나 감동하기 마련이다. 어쩌면 그는 남을 도와주고 싶어서 그럴 수도 있고 본인의 위상을 높이려고 그럴 수도 있다. 자신의 예언을 믿기 때문에, 혹은 자신에게 감동을 주려고 저러는지도 모른다. 그 속을 누가 알까? 탬킨은 온갖 신기한 사상을 많이 주워들은 사람이다. 비록 단언할 수는 없지만 윌헬름은 탬킨이 그 사상들을 제대로 이해하지도 못했으려니 짐작했다.

지금 탬킨과 윌헬름은 명목상으로 동등한 공동투자자였지만 탬킨이 실제로 내놓은 돈은 300달러에 불과했다. 이런 투자를 한 번이 아니라 다섯 번 한다고 치자. 그렇다면 탬킨은 겨우 천오백 달러를 내고 오천 달러를 굴리게 된다. 매번 위임장을 받기만 하면 이 계좌에서 저 계좌로 돈을 이체하는 일도 가능하다. 아니, 아마도 저 독일인 지점장이 탬킨을 지켜보겠지. 그래도 충분히 가능한 일이다. 그런 생각을 하니 속이 느글거렸다. 탬킨은 무모한 투기꾼이 분명하다. 그런데 어떻게 버텨왔을까? 나이가 오십 줄은 되었을 듯싶다. 어떻게 먹고살았을까? 이집트에서 오 년. 그전에는 할리우드. 미시간, 오하이오, 시카고. 오십대 남자라면 삼십 년 넘게 스스로 돈을 벌었겠지. 공장이나 사무실에서 일해본 적은 한 번도 없는 것이 분명하다. 그렇다면 어떻게 지탱했을까? 옷 고르는 취향이 형편없지만 싸구려 제품은 사지 않는다. 클라이드 상점의 코르덴이나 벨벳 셔츠를 입고 색이 선명한 넥타이를 매고 줄무늬 양말을 신는다. 몸에서는 좀 시큼하거나 퀴퀴한 냄새가 나는데, 의사라는 사람이 목욕을 자주 안 하기 때문이다. 탬킨 박사는 글로리아나호텔에서도 꽤 좋은 방에 벌써 일 년 가까이 머물고 있다. 윌헬름 자신도 호텔 손님이지만 지금 숙박비를 내지 못해 청구서를 아버지 우편함에 맡겨놓은 신세다. 혹시 주름치마에 허리띠를 매고 다니는 그 아름다운 아가씨에게 돈을 받는 것일까? 이른바 환자들을 갈취할까? 정직한 사람에게는 차마 물어볼 수도 없는 의문이 너무 많다. 정신이 멀쩡한 사람에게도 물어볼 수 없다. 그렇다면 탬킨도 정신병자일까? 아까 아침식사 때 골골거리는 펄스 씨가 정상인과 미치광이를 구별하기는 쉽지 않다고 말했는데, 대도시라면 어디나 마찬가지겠지만 특히 뉴욕에서는 더더욱 그렇다. 세상의 막장이니까, 복잡하기 짝이 없고 기계류가 가득한 곳, 벽돌과 상하수관, 전선과 돌, 구덩이와 고층 건물이 즐비한 곳이니까. 그런데 이곳에 사는 사람들은 모두 미쳤을까? 어떤 사람들을 봤더라? 하나 걸러 하나씩은 저마다 자기만의 생각에 빠져 자기만 알아듣는 말을 주절거린다. 자기만의 사고방식으로 남다른 행동을 한다. 그래서 물 한 잔 달라고 말하기 전에 하느님의 천지창조에 관한 이야기부터 꺼내야 하고, 선악과, 아브라함, 모세, 예수, 로마, 중세, 화약, 독립전쟁, 그다음은 뉴턴에서 아인슈타인까지, 그리고 세계대전, 레닌, 히틀러까지 줄줄 읊어야 한다. 그렇게 온갖 일을 하나하나 짚어가며 정리한 뒤에야 비로소 물 한 잔 달라는 말을 꺼낼 수 있다. "쓰러지겠어요, 물 좀 주세요." 그렇게 해서라도 의사소통이 되면 그나마 다행이다. 사람을 만날 때마다 백 번이든 천 번이든 그런 일이 되풀이된다. 그때마다 해석하고 또 해석하고, 설명하고 또 설명하고, 주거니 받거니, 그렇게 좀처럼 남을 이해하지 못하거나 남에게 이해받지 못하는 상황, 정상인과 미치광이를, 현자와 바보를, 젊은이와 늙은이를, 병든 사람과 멀쩡한 사람을 구별할 수 없는 상황은 지옥의 형벌과 다름없다. 아버지는 이미 아버지가 아니고 아들은 이미 아들이 아니다. 낮에는 자신과 대화를 나누고 밤에는 자신과 토론을 벌인다. 뉴욕 같은 도시에서 달리 누구에게 말을 걸 수 있을까?

윌헬름의 얼굴에 괴상한 표정이 떠올랐다. 말없이 윗입술을 끌어올리고 두 눈을 치켜뜬 모습이다. 그는 몇 걸음 더 나아갔다. 사람이 그런 생각을 할 때, 즉 누구나 외톨이라고 상상할 때는 오히려 사소한 문제라는 사실도 깨닫기 마련이다. 어차피 세상에는 개인보다 더 큰 전체가 있고 우리는 거기서 분리될 수 없다. 물 한 잔은 어디론가 사라져버린다. 우리는 작은 a와 작은 b에서 큰 x와 y로 건너갈 수 없고, 물 한 잔에 대해 서로 합의하든 말든 상관없다. 그렇게 자질구레한 사실보다 훨씬 더 깊은 곳에서, 탬킨이 말하는 진짜 영혼은 모든 사람에게 소박하고 알아듣기 쉬운 말을 건넨다. 그곳에서는 아버지가 아버지, 아들이 아들이며 물 한 잔 따위는 장식품에 불과하다. 물잔이 식탁보에 굴렁쇠 모양의 빛을 뿌린다. 천사의 입처럼 보이기도 한다. 그곳에서는 모두가 진실을 볼 수 있고 혼란은 그저—일시적일 뿐이라고 윌헬름은 생각했다.

개인보다 큰 전체에 대한 이 생각은 며칠 전에 토요일 야구 경기(폴로그라운즈에서 열리는 더블헤더)의 입장권을 사러 나갔을 때 타임스스퀘어 지하에서 문득 떠올랐다. 그는 지하도를 지나가는 중이었는데, 옛날부터 싫어했지만 지금은 더욱 싫어하는 곳이었다. 벽에 붙은 광고판 사이사이에 분필로 휘갈긴 낙서가 즐비했다. 그중에서도 유난히 눈에 띄는 낙서가 있었다. "더는 죄짓지 맙시다." "돼지고기를 먹지 맙시다." 어두운 터널 안에서, 눈과 코와 이를 조각조각 흐트러뜨려 기괴하게 만드는 분주함과 열기와 어둠 속에서, 윌헬름의 가슴속에 느닷없이, 뜬금없이, 저 불완전하고 핼쑥한 사람들 모두를 향한 사랑이 불쑥 솟구쳤다. 그는 그들을 사랑했다. 한 명, 한 명을 모두 뜨겁게 사랑했다. 모두가 형제자매였다. 윌헬름 자신도 불완전하고 꼴사납지만 무슨 상관이랴? 이렇게 불타는 사랑으로 하나가 되었거늘. 그래서 걸음을 옮기며 자신과 그들 모두를 축복했다. "오, 형제들이여, 나의 형제자매여."

그래, 세상에 언어가 아무리 많은들, 물 한 잔을 설명하기가 아무리 어려운들 무슨 상관이랴? 불과 몇 분 후 입장권 판매원에게는 형제애를 전혀 느낄 수 없었지만 이 또한 무슨 상관이랴?

그날 오후만 하더라도 그는 그 갑작스러운 애정과 호의를 높이 평가하지 않았다. 그래서 달라진 게 뭐냐? 인간에게는 그런 본성이 있어 가끔씩이라도 발휘해야 하므로 그렇게 뜻하지 않은 감정이 복받치기도 하는 법이다. 무의식적 반응에 지나지 않는다. 예컨대 이유 없는 발기 현상처럼. 그러나 오늘은, 심판의 날과 다름없는 오늘은 그때의 기억을 되새기며 그런 마음가짐으로 돌아가야 한다고 다짐했다. 그거야말로 올바른 실마리니까, 나에게는 무엇보다 유익할지도 모르니까. 아주 중요한 무엇일지도 모른다. 예컨대 진실처럼.

오른쪽 자리에 앉은 래퍼포트 씨는 맹인과 다름없는 노인인데 윌헬름에게 자꾸 물어보았다. "11월물 소맥은 얼마로 바뀌었지? 7월물 대두 시세도 불러줘." 그래서 대답해주었지만 노인은 고맙다는 말조차 하지 않았다. "알았네" 아니면 "그렇군" 하고 대꾸하며 고개를 돌려버리고 다시 도움이 필요할 때까지 아는 체도 하지 않았다. 이 늙어빠진 노인은 애들러 박사보다도 나이가 많은데, 탬킨의 말에 따르면 한때는 양계업계에서 록펠러 같은 거물로 군림하다가 은퇴해 재산이 어마어마하다고 한다.

윌헬름에게는 양계업이 고약한 일이라는 이상한 선입견이 있었다. 영업 일을 하던 시절에 양계장 근처를 지나갈 때가 많았다. 아무도 돌보지 않는 들판 곳곳에 들어선 크고 무질서한 목조건물이었다. 감옥과 다름없었다. 불쌍한 암탉들을 속여 알을 낳게 하려고 밤새도록 불을 켜 놓았다. 그러다가 도살했다. 도살 작업이 끝난 닭장을 겹겹이 쌓아놓으면 일주일 이내에 에베레스트산이나 '고요의 산'보다 더 높아지리라. 닭피가 멕시코만을 가득 채우리라. 닭똥과 산성 폐수가 지구를 망치리라.

래퍼포트 씨는 얼마나—도대체 얼마나 늙어빠졌나! 코에는 보랏빛 검버섯이 잔뜩 피어나고 귓바퀴 연골은 양배추 속처럼 꼬불꼬불하다. 안경으로도 교정할 수 없는 두 눈은 흐릿하고 칙칙하다.

"어이, 대두 시세 좀 불러줘." 노인이 말하자 윌헬름은 선선히 가격을 읽어주었다. 그는 노인이 좋은 정보를 귀띔해주지 않을까, 혹은 탬킨에 대해 유익한 조언이나 단서를 제공하지 않을까 은근히 기대했다. 그러나 아니었다. 노인은 수첩에 메모한 후 수첩을 도로 주머니에 넣을 뿐이었다. 그는 그렇게 적어놓은 내용을 아무에게도 보여주지 않았다. 그래서 윌헬름은 동물을, 그중에서도 조그마한 닭을 수백만 마리나 죽여 부자가 된 사람다운 행동이라고 생각했다. 만약 내세가 있다면 노인은 수많은 닭을 죽인 죗값을 치러야 할 것이다. 죽은 닭들이 모두 그곳에서 기다리지 않을까? 그러나 내세가 있다면 누구나 죗값을 치러야 한다. 그러나 또 내세가 있다면 닭들도 멀쩡하겠지.

나 참! 오늘따라 자꾸 실없는 생각만 하는구나. 하이고!

래퍼포트 노인이 드디어 윌헬름에게 몇 마디를 건넸다. 속죄일*에 대

* Yom Kippur. 유대교의 가장 중요한 축일. 유대력 7월 10일로, 단식하고 기도하며 속죄의식을 한다.

비해 회당에 자리를 잡아놓았느냐는 질문이었다.

"아뇨." 윌헬름이 대답했다.

"흠, 부모님 명복을 빌고 싶으면 서둘러야지. 나는 절대로 거르지 않아."

그래서 윌헬름은 생각했다. 그래, 나도 어쩌다 한 번쯤은 어머니 명복을 빌어야겠지. 그의 어머니는 개혁파 회당 소속이었다. 아버지는 종교를 믿지 않는다. 묘지에 갔을 때 윌헬름은 어떤 남자에게 돈을 주고 어머니를 위한 기도를 부탁했다. 무덤들 사이에서 〈엘 몰라이 라하민El molai rachamin〉*을 불러주고 사례금을 받는 사람이었다. 윌헬름은 '자비로우신 하느님'을 뜻하는 제목이라고 생각했다. 브간 아덴B'gan Aden—'낙원에서'. 노래할 때는 두 사람 모두 음절을 길게 늘였다. '브간 아이—덴'. 어머니 무덤가에 있는 벤치가 깨져버렸는데 어떻게든 해결하고 싶었다. 윌헬름은 자기 방식대로 자주 기도했다. 회당에 나가지는 않았지만 이따금 감정이 움직이는 대로 이런저런 기도를 드렸다. 지금은 이런 생각을 하고 있었다. 아버지의 눈에 비친 나는 글러먹은 유대인이다. 아버지는 내 생활 태도를 싫어하니까. 아버지만 올바른 유대인이지. 반면에 나는 뭘 하든 결국 글러먹은 놈이고.

래퍼포트 씨가 툴툴거리며 긴 시가를 훅 불었다. 현황판이 전기로 움직이는 벌떼처럼 붕붕거렸다.

"양계업을 하셨으니 달걀에 투자하실 줄 알았어요, 래퍼포트 씨." 윌헬름은 따뜻하고 헐떡거리는 웃음을 터뜨리며 노인의 환심을 사려

---

* 유대교 장례식이나 추도식 때 부르는 기도문 형식의 노래.

했다.

"아하. 그래. 의리 문제란 말이지?" 래퍼포트 노인이 말했다. "의리를 지켜라. 내가 닭을 치며 기나긴 세월을 보내긴 했지. 그때는 탁월한 병아리 감별사였고. 병아리가 부화하면 암수를 구분해야 하거든. 쉬운 일이 아니야. 오래오래 경험을 쌓아야지. 농담이라고 생각하나? 양계업의 존망이 걸린 문제야. 그래, 가끔은 달걀을 살 때도 있지. 오늘 자네는 뭘 보고 있나?"

윌헬름은 마음을 졸이며 대답했다. "라드. 호밀."

"사려고? 팔려고?"

"벌써 샀죠."

"허." 노인이 말했다. 윌헬름은 그게 도대체 무슨 뜻인지 판가름할 수 없었다. 물론 더 분명하게 설명해주길 기대할 수도 없다. 누군가에게 정보를 알려주는 것은 관례에 어긋나니까. 그러나 윌헬름은 미칠 듯이 간절한 심정으로 래퍼포트 씨가 제발 이번만이라도 예외로 여겨주길 바랐다. 딱 한 번이라도! 중대한 고비였기 때문이다. 말없이, 그러나 온 마음으로 노인에게 일종의 텔레파시를 보내며 자신을 구해달라고, 한 마디라도 해달라고, 아주 작은 신호라도 내려달라고 애원했다. '아, 제발—제발 도와주세요!' 하마터면 소리 내어 말할 뻔했다. 래퍼포트가 한쪽 눈을 감는다든지, 머리를 갸우뚱거린다든지, 손을 들어 신문의 어느 칼럼이나 수첩의 어느 숫자를 가리키기만 해도 오죽이나 좋을까. 힌트 하나만! 힌트 하나만!

시가 끄트머리에 길고 완벽한 담뱃재가 붙어 있었는데, 담뱃잎이 남겨놓은 이 희끄무레한 유령에는 잎맥도 고스란히 살아 있고 희미하나마 알싸한 냄새도 여전했다. 노인은 이 아름다운 담뱃재를 거들떠보지도 않았다. 저토록 아름답건만. 노인은 윌헬름도 무시했다.

그때 탬킨이 말했다. "윌헬름. 우리 호밀이 방금 얼마나 뛰었는지 보라고."

그들이 긴장한 채 주시할 때 12월물 호밀이 3포인트나 올랐다. 회전판이 마구 돌고 기계 점멸등이 징징거렸다.

"1.5포인트만 더 올라도 라드에서 본 손해는 만회하겠군." 탬킨이 말했다. 그는 윌헬름에게 〈타임스〉 여백에 적어놓은 계산값을 보여주었다.

"이제 매도 주문을 내는 게 좋겠어요. 조금 손해보더라도 빠져나오죠."

"지금 팔자고? 그건 안 되지."

"왜요? 왜 기다려야 합니까?"

그러자 탬킨이 웃으며, 거의 노골적으로 비웃는 표정을 지으며 말했다. "왜냐하면 장세가 호전되기 시작할 때는 배짱이 두둑해야 하니까. 돈 좀 만져볼 기회란 말이야."

"저는 일이 잘 풀릴 때 빠지고 싶은데요."

"아니, 그렇게 허둥대면 안 돼. 내 눈에는 전후 사정이 뚜렷하게 보이거든. 시카고에서 장세가 어떻게 움직이는지. 12월물 호밀이 공급부족이야. 보라고, 방금 또 0.25포인트 올랐잖아. 이대로 버텨야지."

"이런 모험은 견디기 힘들어서 그래요." 윌헬름이 말했다. "저렇게 빨리 올라갈 때는 안심할 수 없다고요. 자칫하면 저렇게 빨리 떨어질 텐데."

그러자 탬킨은 어린애를 대하듯이, 인내심도 한계에 이르렀다는 듯이 딱딱하게 말했다. "잘 듣게, 토미. 내가 제대로 진단했어. 자네가 굳이 팔라고 하면 매도 주문을 낼 수는 있어. 하지만 바로 이게 건강한 사람과 환자의 차이야. 건강한 사람은 객관적이니까 순간순간 마음이 변하지 않고 위험 요소를 오히려 즐기지. 그런데 노이로제 환자는 달라. 노이로제 환자는—"

"젠장, 탬킨!" 윌헬름이 난폭하게 말했다. "그만하세요. 듣기 싫어요. 제 성격에 대해 이러쿵저러쿵하지 말라고요. 이제 그런 얘기는 꺼내지도 마세요. 정말 듣기 싫으니까."

그러자 탬킨은 더 밀어붙이지 못하고 후퇴했다. 그가 조금 누그러진 목소리로 말했다. "내 말은 자네가 영업 일을 했으니까 기본적으로 예술가 유형이라는 뜻이었어. 판매는 업무영역 중에서도 상상력이 필요한 분야니까. 더구나 자네는 배우이기도 하고."

"제가 어떤 유형이든 간에—" 화끈하면서도 어렴풋한 단맛이 목구멍으로 넘어왔다. 윌헬름은 독감에 걸린 사람처럼 기침을 터뜨렸다. 영화에 단역으로 출연한 후 벌써 이십 년이 지났다. 〈애니 로리〉*라는 영화에서 백파이프를 부는 역할이었다. 애니가 젊은 영주에게 위험을 알리러 갔을 때 영주는 그녀를 믿지 않고 백파이프 연주자들을 불러 그녀의 목소리를 덮어버렸다. 애니가 양손을 쥐어짜며 초조해하는데도 놀려댈 뿐이었다. 윌헬름은 킬트**를 입고 맨다리를 드러낸 채 백파이

* 18세기 스코틀랜드 크레이그다로크의 영주 알렉산더 퍼거슨의 아내를 주인공으로 한 영화. 동명의 스코틀랜드 민요로 유명하다.

** 스코틀랜드의 남성용 스커트.

프를 불고 불고 또 불었지만 소리는 내지 않았다. 당연히 음악은 따로 녹음되었기 때문이다. 그러고 나서 그는 독감에 걸려 앓아누웠고 아직도 이따금 가슴 통증에 시달린다.

"목에 뭐가 걸렸나?" 탬킨이 물었다. "아무래도 너무 불안해서 머리가 잘 안 돌아가는 모양이군. 내가 쓰는 '지금 여기' 정신수련법을 활용해보게. 미래나 과거 때문에 지나치게 고민하지 않게 해주고 뒤숭숭한 마음을 가라앉히니까."

"네, 네, 네, 네." 윌헬름이 대답했지만 두 눈은 여전히 12월물 호밀 시세를 지켜보고 있었다.

"자연은 하나만 아는데 그게 바로 현재거든. 현재, 현재, 영원한 현재, 아주 큰, 거대한, 엄청난 파도 같은—그야말로 어마어마한, 찬란하고 아름다운, 삶과 죽음이 가득한, 하늘로 솟구치는, 바다 위에 우뚝 일어선 파도 같은 현재 말이야. 자네도 그런 현실을, '지금 여기'를, 장엄한 현재를 올라타고—"

……가슴 통증. 윌헬름의 회상이 이어졌다. 그때 마거릿이 그를 돌봐주었다. 그들에게는 가구가 딸린 방 두 개짜리 집이 있었지만 나중에 압류당했다. 마거릿은 침대에 걸터앉아 책을 읽어주었다. 그는 며칠 동안 걸핏하면 책을 읽어달라고 했고 그녀는 소설이든 시집이든 집안에 있는 책이라면 뭐든지 읽어주었다. 그는 어지럼증에 시달렸고 담배를 피우려 할 때마다 숨이 막혔다. 플란넬 조끼를 입어야 했다.

그러니 오라, 슬픔이여!
한없이 감미로운 슬픔이여!

내 아이처럼 가슴에 품으리라!*

이 구절이 왜 떠올랐을까? 왜?

“우선 지금 이 순간에 실제로 존재하는 뭔가를 선택해야지.” 탬킨이 말했다. “그리고 이렇게 되뇌는 거야. 지금 여기, 지금 여기, 지금 여기. ‘내가 어디에 있지?’ ‘여기.’ ‘시간은 언제지?’ ‘지금.’ 사물이나 사람을 하나만 골라보게. 뭐든 상관없어. ‘지금 여기서 나는 어떤 사람을 본다.’ ‘지금 여기서 어떤 남자를 본다.’ ‘지금 여기서 의자에 앉은 남자를 본다.’ 예컨대 나를 보라고. 정신이 산만해지면 안 돼. ‘지금 여기서 갈색 양복을 입은 남자를 본다. 지금 여기서 코르덴 셔츠를 본다.’ 그렇게 범위를 좁혀가며 한 번에 하나씩만 골똘히 보는 거야. 상상력이 제멋대로 앞질러 가게 하지 말고. 현재에 머물러야지. 이 시간을, 이 순간을, 이 찰나를 붙잡으라고.”

나한테 최면을 걸거나 사기를 치려는 속셈일까? 윌헬름은 그런 의문을 품었다. 팔아버릴 생각을 못하게 하려고? 하지만 700달러를 되찾더라도 결국 제자리잖아?

마치 기도라도 하듯이 탬킨은 의미심장한 눈을 지그시 내리감고 도드라진 실핏줄이 얼기설기 퍼진 눈꺼풀을 보이며 말했다. “‘지금 여기서 단추 하나를 본다. 지금 여기서 단추를 꿰맨 실을 본다. 지금 여기서 녹색 실을 본다.’” 그는 이 수련법이 얼마나 마음을 안정시키는지 윌헬름에게 보여주려고 서서히 명상에 빠져들었다. 그러나 윌헬름은 다소

---

* 영국 시인 존 키츠의 서사시 「엔디미온Endymion」에서 인용.

마지못해 책을 읽어주던 마거릿의 목소리를 듣고 있었다.

그러니 오라, 슬픔이여!

……

내 너를 떠나려 하였으나

속이려 하였으나

이제 온 세상 무엇보다 너를 사랑하노라.

그때 래퍼포트 씨가 늙어빠진 손으로 윌헬름의 허벅지를 짚으며 말했다. "내 소맥은 어떻게 됐어? 저 망할 놈들이 딱 가로막았잖아. 보이질 않는다고."

6장

호밀 가격은 계속 오르고 라드는 보합세를 유지할 때 두 사람은 점심을 먹으러 나갔다.

그들은 건물 전면에 금칠을 한 카페테리아에서 식사했다. 식당 내부의 꾸밈새도 외부와 똑같았다. 음식마저 사치스러웠다. 통째로 내놓은 생선은 당근으로 테두리를 둘러 마치 액자에 넣은 그림 같고, 샐러드는 계단식 정원이나 멕시코 피라미드 형태로 쌓아놓았다. 레몬과 양파와 홍당무는 해와 달과 별 모양으로 썰었다. 크림 파이는 두께가 1피트나 되고 케이크는 잠든 사람이 꿈속에서 구운 듯이 잔뜩 부풀었다.

"자네는 뭘 들겠나?" 탬킨이 물었다.

"조금만 먹을래요. 아침을 푸짐하게 먹었거든요. 제가 빈 테이블을 찾아볼게요. 요구르트, 크래커 몇 개, 차 한 잔만 가져다주세요. 점심 먹느라 시간을 낭비하긴 싫어요."

탬킨이 말했다. "그래도 먹어야 살지."

이 시간에 빈자리를 찾기는 쉽지 않았다. 노인들이 커피를 앞에 놓고 잡담을 나누며 빈둥거렸다. 나이도 지긋한 부인들이 립스틱을 바르고 마스카라와 아이섀도를 칠하고 헤너와 푸르스름한 린스로 머리를 염색하고 인조 장신구를 주렁주렁 달았는데, 그중 상당수가 거드름을 피우며 나이에 어울리지 않는 표정으로 사람을 빤히 쳐다보았다. 요즘은 뜨개질하고 요리하며 손주들을 돌봐주는 점잖은 노부인이 아무도 없단 말인가? 윌헬름의 할머니는 그에게 세일러복을 입히고 무릎에 앉혀 둥개둥개 놀아주기도 하고 죽을 후후 불어 식혀주기도 했다. "제독님, 식사하셔야죠." 그러나 뒤늦게 그런 일을 회상한들 무슨 소용이 있으랴?

그는 다행히 빈 테이블을 발견했고 탬킨 박사가 접시와 컵을 잔뜩 담은 쟁반을 들고 다가왔다. 탬킨은 양키 포트로스트*, 자색 양배추, 감자, 큼직한 수박 한쪽, 커피 두 잔을 선택했다. 그러나 윌헬름은 요구르트조차 삼킬 수 없었다. 아직도 가슴이 뻐근했다.

탬킨은 곧 윌헬름을 기나긴 토론에 끌어들였다. 호밀을 팔지 못하게 하거나 지연시키려는 수작일까, 아니면 아까 노이로제 환자 운운하다가 윌헬름을 화나게 만드는 바람에 잃어버렸던 호감을 되찾으려는 속셈일까? 그것도 아니라면 아무런 목적도 없이 그저 말하고 싶어 말할 뿐일까?

"내가 보기에 자네는 부인이나 아버지가 뭐라고 할까봐 너무 걱정하

---

* 당근, 감자, 양파 등과 함께 조리한 소고기찜.

는 듯싶어. 그게 그렇게 중요한가?"

월헬름이 대답했다. "사람이 자신을 성찰하고 문제를 바로잡다가 지쳐버리는 일도 있죠. 인생 전반에 저질렀던 실수를 만회하느라 인생 후반을 고스란히 바쳐야 한다면."

"자네 아버님이 자네한테 물려줄 돈이 좀 있다고 하셨던 것 같은데."

"얼마쯤은 있겠죠."

"큰돈인가?"

"그거야 모를 일이죠." 윌헬름은 신중하게 대답했다.

"그 돈을 어떻게 쓸지 미리 생각해두게나."

"그걸 물려받을 때쯤에는 기력이 떨어져 아무것도 못할 수도 있죠. 물려받기나 할지 모르겠지만."

"이런 일은 미리미리 꼼꼼하게 계획을 세워야지. 현명하게 투자하라고." 탬킨은 우선 채권을 매입하고 그 채권을 담보로 다른 자산을 구매해 원금의 12퍼센트 정도는 거뜬히 벌어들이는 방안을 차근차근 설명했다. 윌헬름은 구체적인 내용을 이해할 수 없었다. 탬킨이 말했다. "아버님이 그 돈을 지금 증여하시면 자네가 상속세 낼 일도 없을 텐데."

윌헬름은 씁쓸하게 대답했다. "우리 아버지는 죽음에만 골몰해서 다른 일은 안중에도 없어요. 저한테까지 그 문제를 고민하라고 강요하시죠. 그러다가 원하시는 대로 하면 또 미워하고. 제가 좀 절박할 때는—당연히 돈 걱정을 하죠. 그래도 아버지한테 무슨 일이 생기길 바라진 않습니다. 물론 아버지가 돌아가시길 바라지도 않고." 탬킨은 갈색 눈을 빛내며 윌헬름을 유심히 지켜보았다. "제 말을 안 믿으시는군요. 심리학적 관점은 좀 다를지도 모르죠. 하지만 맹세코 진심입니다. 농담도 좋지만 이런 문제에 대해서는 농담하고 싶지 않아요. 아버지가 돌아가시면 박탈감을 느끼겠죠. 아버지 없는 신세가 될 테니까."

"아버님을 사랑하나?"

윌헬름은 선뜻 인정했다. "당연히, 당연히 사랑하죠. 아버진데. 어머니도—" 그렇게 말할 때 영혼의 중심부에서 세찬 견인력이 느껴졌다. 낚싯줄에 물고기가 걸려들면 그 생명력이 손끝으로 전달되기 마련이다. 배고픔을 못 이겨 낚싯바늘을 물고 달아나는 미지의 생물이 수면 아래서 몸부림치며 저항한다. 윌헬름은 자신의 마음속에서 무엇이 요동쳤는지 확인할 수 없었다. 끝내 정체를 드러내지 않았기 때문이다. 그것은 곧 달아나버렸다.

한편 상상력을 어지럽히는 재주가 있는 탬킨은 자기 아버지의 기이한 사연을 이야기했는데 진실인지 날조인지는 모를 일이었다. "우리 아버지는 위대한 성악가였네." 탬킨이 말했다. "어느 오페라 소프라노와 사랑에 빠져 우리 다섯 남매를 버리셨지. 그래도 나는 아버지를 원망하지 않았고 오히려 생명의 원리대로 행동하는 모습을 동경했어. 나도 그렇게 살고 싶었지. 불행한 삶을 사는 사람은 일정 나이가 되면 두뇌가 시들어버리기 시작하거든. (맞아, 맞아! 윌헬름은 생각했다.) 이십 년이 지나 내가 로체스터*에 있는 이스트먼 코닥에서 각종 실험을 할 당시에 아버지를 찾아냈다네. 자식이 다섯이나 더 생겼더군. (거짓말, 거짓말!) 우시더라고. 부끄럽다면서. 그래도 나는 전혀 원망하지 않았어. 당연히 서먹서먹하긴 했지."

* 뉴욕주의 도시. 이스트먼 코닥의 본사가 있는 곳.

"저도 아버지가 좀 낯설어요." 이렇게 말하고 윌헬름은 이런저런 생각에 빠져들었다. 예전의 낯익은 아버지는 어디로 갔을까? 그때의 나는 또 어디로 갔을까? 캐서린도—이제는 나에게 말도 안 한다. 친동생인데도. 아버지가 외면하려는 것은 내가 짊어진 골칫거리보다 내가 겪는 이 혼란인지도 모른다. 감당하기 힘드셨겠지. 내 인생은 파탄지경이고, 이렇게 혼란스러운 심리 상태, 게다가—온통 혼돈과 어둠뿐이다. 차라리 좋지 않은 관계로 결별하는 편이 아버지에게는 더 쉽지 않을까? 화를 내며 절연하는 편이 나을지도 모른다. "차라리 뒈져버려라!" 윌헬름은 또 이런 의문을 품었다. 아버지든 누구든 나를 동정할 이유가 있을까? 과연 다른 사람보다 나를 더 동정할 만한 이유가 있을까? 나에게 뭔가 필요하다고 해서 남들이 기꺼이 베풀어주길 바라는 것은 유치한 사고방식이다.

윌헬름은 곧 두 아들을 떠올렸고 그들이 아빠의 모습을 어떻게 볼까, 아빠를 어떻게 생각할까, 곰곰이 생각해보았다. 지금 당장은 야구 덕분에 좀 유리한 상황이다. 그러나 에비츠필드 야구장에 가려고 아이들을 데리러 갈 때도 그는 정상이 아니다. 겉으로는 멀쩡한 체하지만 모래를 한줌 삼킨 듯한 기분이다. 낯익으면서도 낯선 집이 못 견디게 어색하다. 개 시저스는 벌러덩 눕거나 짖거나 낑낑거린다. 윌헬름은 아무 일도 없다는 듯이 행동하지만 매번 마음이 무겁고 울적해진다. 플랫부시*로 가는 길에 옛 피그타운**이나 찰리 에비츠***에 얽힌 일화를 생

* 뉴욕시 브루클린구의 동네.

** 플랫부시에 인접한 윈게이트 지역의 옛 이름. 당시 에비츠필드 야구장이 있던 곳이다.

*** 에비츠필드를 홈구장으로 사용했던 브루클린 다저스 팀의 옛 구단주.

각해내 아이들에게 들려주고 왕년의 인기 선수들을 회상하기도 하지만 여간 고역이 아니다. 아이들은 아빠가 자기들을 얼마나 사랑하는지 알지 못한다. 그렇다. 그래서 그는 몹시 속상하고 애들한테 아빠에 대한 반감을 심어주는 마거릿이 원망스럽기만 하다. 그녀는 인정미 넘치는 가면을 쓰고 있지만 내심 윌헬름을 파멸시키고 싶어한다. 그는 록스버리에 가서 신부님에게 자초지종을 설명했지만 그리 호의적인 반응을 얻지 못했다. 성직자들은 개개인을 염려하기보다 규율만 앞세운다. 올리브는 윌헬름이 이혼하기만 한다면 교회를 벗어나서라도 결혼하겠다고 한다. 그런데 마거릿이 놓아주지 않는다. 올리브의 아버지는 늙은 접골사인데 마음이 아주 너그러워 모든 사정을 이해해주었다. 노인이 마지막에 말했다. "여보게, 내가 올리브한테 이런저런 조언을 해준다네. 걔가 자꾸 물어보니까. 나야 자유사상가에 가깝지만 올리브가 이 동네에서 살아가려면 그럭저럭 체면치레는 해야겠지." 그래서 요즘 윌헬름과 올리브는 만날 때마다 많은 일에 신경을 써야 했는데, 오죽했으면 그녀가 윌헬름이 록스버리로 찾아오는 날이 슬슬 두려워진다고 털어놓을 정도였다. 이 작고 예쁘고 가무잡잡한 아가씨를 애지중지하는 윌헬름은 그녀에게 불쾌감을 줄까봐 마음이 조마조마했다. 일요일 아침에 늦잠이라도 자는 날이면 올리브는 미사에 늦겠다고 울상을 지으며 윌헬름을 깨웠다. 그는 스타킹 가터를 걸어주고 슬립과 드레스의 주름을 펴주고 떨리는 손으로 모자까지 씌워주었다. 그러고는 허둥지둥 교회로 데려다주었는데, 건망증 때문에 2단 기어를 넣은 채 달리기 일쑤였고 그 와중에도 사과의 말을 늘어놓으며 그녀를 달래주려고 노력했다. 그녀는 뒷말을 피하려고 교회 한 블록 전에 내렸다. 그런 상황인데도 올리브는 윌헬름을 사랑했고, 그가 이혼하기만 했다면 벌써 결혼했을 터였다. 그러나 마거릿이 그런 속사정을 알아차린 모양이다. 마거릿은 윌헬름이 진심으로 이혼을 원하는 게 아니라 오히려 두려워한다고 말했다. 윌헬름은 그녀에게 애원했다. "내 재산은 당신이 다 가져, 마거릿. 리노*에 가서 내가 처리할게. 재혼하고 싶지 않아?" 그런데 싫단다. 그녀는 다른 남자들을 만나면서도 윌헬름의 돈을 꼬박꼬박 받아 챙긴다. 윌헬름을 괴롭히는 재미로 사는 여자다.

탬킨 박사가 윌헬름에게 말했다. "자네 아버지는 자네를 부러워해."

윌헬름은 웃어버렸다. "저를? 말도 안 돼요."

"틀림없어. 누구나 마누라한테서 벗어난 남자를 부러워하기 마련이거든."

윌헬름은 비웃듯이 대꾸했다. "아하, 마누라 때문이라면 더더욱 아버지는 저를 시샘할 이유가 없죠."

"그렇지 않아. 자네 부인도 자네를 시샘하지. 자네가 홀가분하게 젊은 여자들을 만날 거라고 생각할 테니까. 부인이 좀 늙었나?"

"늙었다고 하긴 어렵죠." 윌헬름이 말했다. 아내 이야기를 하자니 마음이 서글펐다. 이십 년 전, 산뜻한 파란색 모직 정장을 입고, 같은 천으로 만든 중절모를 쓰고—그녀의 그 모습이 눈에 선했다. 금발로 덮인 머리를 숙여 그는 모자에 가려진 그녀의 해맑고 순박한 얼굴을, 생동감 있게 움직이는 눈동자를, 반듯하고 조그마한 코를, 그리고 애처로울 정도로 윤곽이 또렷하고 아름다운 턱을 들여다보았다. 그날은 선선

---

* 네바다주의 도시로, 이혼 절차가 간단하기로 유명하다.

한 편이었지만 그는 햇볕이 내리쬐는 화강암 협곡에서 소나무들의 향기를 맡았다. 샌타바버라* 남쪽 변두리에서 있었던 일이다.

"지금 마흔 살 조금 넘었거든요." 윌헬름이 말했다.

"나는 술꾼이랑 결혼했지." 탬킨이 말했다. "지독한 술고래였어. 저녁때 외식이라도 하러 나가면 화장실 다녀온다며 바 쪽으로 내빼기 일쑤였거든. 그래서 술을 주지 말라고 바텐더한테 일일이 부탁했지. 그래도 아내를 깊이 사랑했어. 그렇게 정신적인 여자는 내 평생 두 번 다시 못 봤다네."

"지금은 어디 계시는데요?"

"물에 빠져 죽었어." 탬킨이 대답했다. "케이프코드에 있는 프로빈스타운**에서. 아마 자살일 거야. 그런 사람이었거든. 자살 충동이 있었지. 아내를 치료하려고 내가 할 수 있는 일은 다 해봤어. 병을 고쳐주는 일이 내 천직이니까. 그래서 늘 상처받지. 괴로워하고. 남의 병을 보면 달아나고 싶지만 차마 그럴 수가 없어. 말하자면 내 인생도 잠시 빌렸을 뿐이니까. 인류의 일원이니까."

거짓말쟁이! 윌헬름은 내심 탬킨을 그렇게 규정지었다. 역겨운 거짓말이다. 탬킨은 있지도 않은 여자를 날조했다가 죽여버리고 치료자를 자처하는데, 표정 하나는 기막히게 진지해서 성질 더러운 양 한 마리를 보는 듯하다. 이자는 잘난 체하는 사이비, 발 고린내를 풍기는 사기꾼이다. 의사는 무슨! 의사라면 제 몸은 좀 씻고 다녀야지. 그는 남들에게 대단한 감명을 준다고 착각한다. 자신에 관한 이야기를 늘어놓을 때

---

* 캘리포니아주 서남부의 해안도시.

** 매사추세츠주 동남부에 있는 케이프코드의 휴양지.

는 누구나 공손히 모자를 벗어야 한다고 강변하는 모양새다. 자기 딴에는 창의력이 제법 뛰어나다고 믿는 모양이지만 실제로는 신통찮고 그리 똑똑하지도 않다.

그런데 나는 어째서 저런 사람을 상대하고 있을까, 어쩌자고 700달러나 줘버렸을까? 윌헬름은 그런 생각을 했다.

아, 바로 오늘이 심판의 날이다. 좋든 싫든 오늘은 진실을 자세히 들여다보게 되리라는 생각이 들었다. 그러자 호흡이 거칠어지고 찌그러진 모자가 흘러내려 상기된 황갈색 얼굴을 가려주었다. 무례해 보이는 모습이다. 탬킨은 협잡꾼이고 더구나 지금은 절박한 상황이다. 더구나 윌헬름은 처음부터 그 사실을 다 알고 있었다. 그런데도 마음 한구석에서는 탬킨이 삼사십 년 동안이나 무사히 살아남았으니 이번 위기도 잘 넘길 테고 윌헬름 자신도 안전하리라 믿어버렸던 모양이다. 그리고 탬킨의 등에 업힌 형국이라는 사실도 깨달았다. 사실상 지면을 밟지 않고 남의 등에 올라탄 듯한 기분이었다. 윌헬름은 허공에 떠 있었다. 걸음을 옮기는 일은 탬킨의 몫이다.

탬킨 박사는—정말 박사인지는 모르겠지만—걱정하는 표정이 아니었다. 그러나 탬킨의 얼굴은 원래 표정 변화가 별로 없다. 자연스러운 감정표현, 개방적 감수성, 자유로운 충동 따위를 늘 강조하면서도 정작 자신은 바늘꽂이만큼이나 표현력이 없다. 최면술을 걸다가 실패할 때는 두툼한 아랫입술 때문에 의지력도 빈약해 보인다. 때로는 두 눈에 두려움이 가득한데, 어찌나 초라한지 불쌍해 보일 지경이다. 윌헬름은 탬킨의 그런 표정을 한두 번 보았다. 개를 닮은 표정이라고 생각했다. 지금은 그런 표정까지는 아니지만 몹시 불안해하는 것이 분명하다. 월헬름은 그 사실을 알아차렸지만 노골적으로 내색하기는 곤란한 상황이었다. 탬킨에게 약간의 여유를, 약간의 시간을 줘야 하니까. 지금은 너무 다그치지 말아야 한다. 그래서 탬킨이 이런저런 이야기를 늘어놓는데도 그냥 내버려두었다.

윌헬름은 내심 생각했다. 내가 업혔으니까—탬킨의 등에. 700달러를 도박에 걸었으니 이렇게 업혀가는 수밖에 없다. 탬킨과 함께 가야 한다. 이미 돌이킬 수 없는 일이다. 내려올 수 없다.

탬킨이 말했다. "저기, 눈먼 래퍼포트 노인 말인데—사실상 실명에 가까운 상태니까—이 주변에서 가장 재미있는 인물을 몇 명만 꼽는다면 그 노인은 꼭 들어갈 거야. 물론 진짜 속사정을 털어놓게 만들 수만 있다면. 이게 아주 흥미진진하거든. 그 노인이 나한테 해준 얘길세. 중혼자들이 남몰래 이중생활을 한다는 얘기는 흔해빠졌지. 그런데 래퍼포트 노인은 아무에게도, 아무것도 감추지 않았대. 그야말로 가부장 같은 사람이라니까. 자, 그 노인이 어떤 짓을 벌였는지 말해주겠네. 버젓하게 두 집 살림을 하는데, 한 집은 윌리엄스버그, 한 집은 브롱크스, 그렇게 떨어져 산다는 거야. 부인 둘은 상대방이 있다는 사실을 알지. 브롱크스에 사는 부인이 더 젊지만 지금은 칠순이 다 됐대. 한 집에서 부부싸움을 하면 다른 집에 가서 사는 식이지. 그러면서 양계장 사업은 뉴저지에서 하고*. 한 마누라가 낳은 자식이 넷, 다른 마누라는 여섯이래. 지금은 모두 장성했지만 이복형제끼리 만난 적도 없고 만나고 싶어

* 윌리엄스버그는 뉴욕시 브루클린구의 한 동, 브롱크스는 역시 뉴욕시에 속하는 구, 뉴저지는 뉴욕주에 이웃한 주라는 차이가 있지만, 맨해튼을 중심으로 각각 동남쪽, 동북쪽, 서쪽에 위치하며, 모두 강을 사이에 두고 맨해튼섬을 둘러싸고 있다.

하지도 않는다는군. 그 많은 자식이 하나도 빠짐없이 전화번호부에 기재됐는데도."

"믿기 어려운 얘기네요." 윌헬름이 말했다.

"그 노인이 직접 해준 얘기라니까. 그리고 이런 얘기 들어봤나? 아직 시력이 멀쩡할 때는 독서를 많이 했는데, 늘 시어도어 루스벨트가 쓴 책만 읽었대. 자기가 사는 두 집에 모든 책을 한 권씩 사다놓고 자식들도 그걸로 가르쳤다나."

"부탁입니다." 윌헬름이 말했다. "그런 얘기는 그만 좀 하세요, 네? 제발 이러지 마시고—"

"자네한테 이런 얘기를 해주는 이유가 있어." 탬킨이 최면을 걸듯이 차분하게 말했다. "우울한 죄책감을 벗어던지고 본능대로 움직이는 사람도 더러 있다는 사실을 가르쳐주고 싶어서 그래. 여자는 남자한테 죄책감을 잔뜩 심어줘서 무기력하게 만드는 능력을 타고나거든. 아주 특별한 파괴력인데, 그렇게 저주를 내려 결국 아무것도 못하게 만들어버리지. 마치 이렇게 말하는 듯해. '내가 허락하기 전에는 두 번 다시 남자구실도 못할 줄 알아.' 하지만 우리 아버지나 래퍼포트 노인 같은 남자는 그럴 때 이렇게 대꾸한단 말이야. '여자여, 나와 무슨 상관이 있나이까?'* 그런데 자네는 아직 그러지 못해. 어중간한 단계니까. 본능대로 살고 싶지만 여전히 걱정이 너무 많거든. 예컨대 애들 문제도 있고—"

"이것 보세요!" 윌헬름이 발을 구르며 말했다. "하나만 경고하죠! 우리 애들 얘기는 꺼내지도 마세요. 아무 말도 말라고요."

* 「요한복음」(2:4)에서 예수가 성모마리아에게 하는 말.

"한집에 살면서 날마다 부딪치느니 차라리 지금이 애들한테는 더 바람직하다고 말하려 했을 뿐인데."

"저는 애들을 빼앗겨버렸어요." 윌헬름은 입술을 깨물었다. 미리 고개를 돌려야 했는데 때를 놓치고 말았다. 번민이 엄습해왔다. "저는 끊임없이 돈만 가져다 바쳐요. 애들은 얼굴 한번 보기도 힘들고. 우리 애들이 아빠도 없이 자란단 말입니다. 아내는 애들을 꼭 자기처럼 키워요. 결국 저를 미워하게 만들겠죠. 제발 이런 얘기는 그만합시다."

그러나 탬킨이 말했다. "부인이 그렇게 괴롭히는데 왜 당하기만 하나? 그런 식이면 헤어져봤자 소용없잖아. 자꾸 끌려만 다니지 말라고. 자, 윌헬름, 난 지금 자네를 도와주려는 거야. 내가 하고 싶은 말은 고통과 결혼하지 말라는 걸세. 그런 사람이 더러 있지. 고통과 결혼해서 자나깨나 부부처럼 붙어산단 말이야. 어쩌다 기쁨을 느끼면 간통을 저질렀다고 생각할 정도라니까."

윌헬름은 탬킨의 말에 중요한 진실이 담겼음을 인정할 수밖에 없었다. 이런 생각을 했다. 그래, 그런 사람은 인생에서 자신에게 주어진 것은 고통뿐이라고 믿으며 고통마저 잃어버리면 아무것도 안 남을까봐 두려워하기 마련이지. 탬킨도 그런 이치를 아는구나. 저 사기꾼이 모처럼 자기가 아는 얘기를 하네.

탬킨을 바라보며 윌헬름은 평소 무표정하기만 했던 얼굴에서 그런 사실을 고백하는 표정을 어렴풋하게나마 보았다고 믿었다. 그래, 그래, 탬킨도 그런 사람이었구나. 백 가지 거짓말을 늘어놓다가 드디어 한 가지 진실을 밝히는구나. 도시의 창가에서 늑대처럼 울부짖으며. 이제 아무도 견디지 못한다. 모두가 괴로움에 지쳐 마침내 큰 소리로 외친다.

괴롭다! 괴롭다!

윌헬름이 벌떡 일어나며 말했다. "이쯤에서 끝내시죠. 탬킨, 다시 객장으로 갑시다."

"아직 수박을 덜 먹었어."

"남기세요. 많이 드셨잖아요. 빨리 돌아가고 싶어요."

탬킨 박사는 테이블 너머로 계산서 두 장을 밀어 보냈다. "어제는 누가 냈지? 이번은 자네 차례 같은데."

두 사람이 카페테리아를 나설 때 윌헬름은 비로소 어제도 자기가 냈다는 사실을 분명히 기억해냈다. 그러나 뒤늦게 따질 만한 일은 아니었다.

길을 걷는 동안에도 탬킨은 고통에 집착하는 사람이 많다는 말을 자꾸 되풀이했다. 그러나 이런 말도 덧붙였다. "내가 부적응 사례를 엄청나게 많이 봐서 잘 아는데, 자네 경우는 꽤 낙관적이라고 생각한다네. 자네는 아직 희망이 있어. 진심으로 파멸을 원하진 않으니까. 윌헬름 자네는 감정의 문을 활짝 열어두려고 열심히 노력하지. 척 보면 알아. 이 나라에서는 인구의 7퍼센트가 술로 자살하지. 3퍼센트는 마약으로 자살하고. 또 60퍼센트는 권태 때문에 시름시름 시들어버려. 그리고 20퍼센트는 악마한테 영혼을 팔아버리지. 그렇게 다 빼고 나면 정말 살고 싶어하는 사람은 얼마 안 남아. 오늘날의 세계에서 유일하게 중요한 사실이 바로 그거야. 세상에는 두 부류만 존재한다는 거지. 살고 싶은 사람도 있지만 대다수는 안 그렇거든." 거짓말쟁이 탬킨이 모처럼 심오한 말을 지껄이네. "정말이라니까. 그렇지 않다면 전쟁이 왜 일어나겠나? 하나만 더 말해주지. 그렇게 죽어가는 사람들이 사랑을 하는 이유는 하나뿐이야. 상대방도 같이 죽어주길 바라는 거지. 그 사람을 사랑하니까. 명심하라고."

맞아, 맞아! 윌헬름은 생각했다. 그는 이 가르침에 깊이 감동했다. 이런 이치를 탬킨이 어떻게 알았을까? 탬킨 같은 멍청이가, 어쩌면 협잡꾼, 사기꾼일지도 모르는 저 인간이 어떻게 세상의 이치를 훤히 꿰뚫어봤을까? 나도 탬킨이 말한 대로 믿는다. 이런 관점은 많은 것을, 아니 모든 것을 단순하게 정리해준다. 사람들이 파리처럼 죽어나간다. 그런데 나는 살아남으려 하고, 그러기 위해 지나치게 열심히 노력한다. 그래서 미쳐버릴 지경이다. 너무 열심히 노력해야 한다면 살아도 사는 게 아니다. 어느 시점에서부터 다시 시작해야 할까? 과거로 거슬러올라가 다시 살아보면 좋으련만.

카페테리아에서 증권사까지는 이삼백 미터에 불과했지만 이 짧은 거리를 걸어가는 사이 윌헬름은 다시 생각의 방향을 적잖이 바꿔 광범위한 고찰에서 당면한 문제로 돌아왔다. 증권사가 가까워질수록 돈에 대한 고민이 깊어질 수밖에 없었다.

두 사람이 뉴스 영화관* 앞을 지나갈 때 누더기 차림의 구두닦이 아이들이 소리쳐 불렀다. 늘 보던 노인이—수염투성이 얼굴에 붕대를 칭칭 감아 거지꼴을 하고 조그마한 발에는 누더기 신을 신었지만 그의 곁에 놓인 바이올린 케이스에는 한때 무대 연주자였음을 말해주는 오래된 신문 기사가 붙어 있다—바이올린 활로 윌헬름을 가리키며 소리쳤다. "거기!" 윌헬름은 걱정스러운 눈빛으로 그들을 지나쳐 세븐티세

* 뉴스 영화만 상영하는 영화관. 텔레비전 뉴스가 일반화되면서 사양길로 접어들었다.

컨드 스트리트를 건너가는 일에만 집중했다. 오후의 어마어마한 교통 행렬이 대소동을 일으키며 콜럼버스 서클*을 향해 질주하는데, 도심이 아가리를 딱 벌리고 있는 그곳에는 누르스름한 햇빛을 반사하는 고층 건물이 즐비하다.

이윽고 반질반질한 돌로 지은 신축 사무실 건물의 전면 쪽으로 다가갈 때 탬킨 박사가 말했다. "저기 문 앞에 있는 저 사람, 래퍼포트 노인 아닌가? 내가 보기엔 흰색 지팡이를 들고 다녀야 할 형편인데 자기 시력에 대해서는 아무것도 인정하지 않는다니까."

래퍼포트 씨는 똑바로 서 있지도 못했다. 두 무릎이 구부정하고 골반은 허리춤을 절반밖에 채우지 못한다. 멜빵이 바지를 지탱해주긴 했지만 양쪽 다 헐렁헐렁하다.

어떻게 윌헬름을 알아봤는지 모르겠지만 노인이 한 손을 내밀어 그를 멈춰 세웠다. 노인이 굵은 목소리로 명령했다. "담뱃가게에 데려다주게."

"저요—? 탬킨!" 윌헬름이 속닥거렸다. "박사님이 모셔다주세요."

탬킨은 고개를 가로저었다. "자네한테 말씀하셨잖아. 어르신 부탁인데 거절하지 말게." 그러더니 목소리를 낮춰 의미심장하게 말했다. "이 순간도 '지금 여기'에 해당한다고. 지금 이 순간을 살아야 하는데 자네는 그러기 싫어하는군. 사람이 도움을 청했잖아. 객장 일은 생각하지 말게. 어디로 도망가진 않을 테니까. 어르신을 공경해야지. 어서 가보게. 그게 더 값진 일일지도 몰라."

---

* 센트럴파크 서쪽 모서리에 위치한 회전교차로. 브로드웨이, 에이스 애비뉴 등이 만나는 곳으로, 뉴욕시 교통기점의 하나.

"데려다줘." 늙은 양계업자가 다시 말했다.

빌헬름은 몹시 못마땅해서 탬킨을 향해 눈살을 찌푸렸다. 그러고는 노인의 팔꿈치를 붙잡았다. 뼈마디가 굵은데도 사뭇 가볍다. "그럼 어서 가시죠." 빌헬름이 말했다. "아니, 잠깐—어떻게 돌아가는지 궁금하니까 잠깐 현황판부터 확인해봤으면 좋겠는데요."

그러나 이미 탬킨이 래퍼포트 씨의 등을 밀어 출발시킨 뒤였다. 래퍼포트 씨가 걸음을 옮기며 빌헬름을 꾸짖었다. "지금처럼 인도 한복판에 우두커니 세워두지 말게. 떠밀려 넘어질까봐 무섭다고."

"그럼 서두르세요. 빨리." 빌헬름이 재촉할 때 탬킨은 증권사로 들어가버렸다.

브로드웨이로 밀려드는 교통 행렬은 마치 하늘에서 곧바로 내려오는 듯했다. 남쪽 하늘에서 이글거리는 햇살 때문이다. 길거리의 지하철 통풍구에서 후끈한 석재 냄새가 솟구쳤다.

"요즘 십대 깡패들이 걱정거리야. 나는 푸에르토리코 애새끼들이 무섭더라고. 마약이나 처먹는 젊은것들도 그렇고." 래퍼포트 씨가 말했다. "해롱해롱 취한 채 돌아다니니까."

"깡패들이라고 하셨어요?" 빌헬름이 말했다. "제가 어머니 묘소에 가봤더니 돌 벤치가 박살났더군요. 어떤 놈인지 모가지를 분질러놓고 싶더라고요. 단골집이 어디죠?"

"브로드웨이 건너편. 라 마그니타* 광고판이 붙었는데, 자판기식당 옆집이지."

---

* 맨해튼의 월도프-아스토리아호텔에서 운영했던 시가회사의 상품명.

"이쪽에 있는 저 가게는 뭐가 문제인데요?"

"내가 피우는 시가를 안 판다는 거, 그게 문제지."

윌헬름은 욕지거리를 내뱉었지만 발음을 얼버무렸다.

"뭐라고 했나?"

"저 망할 놈의 택시들 말입니다." 윌헬름이 말했다. "사람들을 다 치어죽일 작정인지 원."

두 사람은 선선하고 향기로운 가게 안으로 들어갔다. 래퍼포트 씨가 대형 시가 여러 개비를 대단히 조심스럽게 주머니 몇 개에 나눠 넣는 동안 윌헬름은 속으로 툴툴거렸다. '빨리 좀 해라, 이 늙은이야. 느려터진 영감탱이! 온 세상이 받들어 모셔야 직성이 풀리냐.' 래퍼포트는 윌헬름에게 시가를 권해보지도 않고 한 개비를 들어 보이며 말했다. "이 사이즈 어떤가? 이게 바로 처칠형* 시가라네."

윌헬름은 생각했다. 이 노인은 겨우겨우 기어다니는 신세다. 살집이 없어 바지가 몸에 맞지 않고 헐렁헐렁하다. 맹인과 다름없는데다 온몸이 검버섯으로 뒤덮였다. 그런데도 여전히 선물시장에서 돈을 벌어들인다. 아마도 산더미처럼 모아놨겠지. 그리고 이 노인도 보나마나 자식들한테는 한 푼도 나눠주지 않을걸. 그중 몇 명은 오십대쯤 됐을 텐데. 중년 남자도 애들처럼 뜻대로 부리는 요령이 바로 이거다. 이 노인은 돈줄을 쥐고 있다. 생각해봐—생각해보라고! 모든 것을 지배하는 사람이 누구지? 이런 노인들이다. 돈이 필요 없는 사람들. 노인들은 필요하지 않아서 돈이 있다. 나는 필요하고, 그래서 돈이 없다. 그렇게 생각하

---

* 시가 규격의 하나. 길이 18센티미터, 직경 2센티미터로 비교적 큰 편이다.

면 간단한 일이다.

"나는 처칠보다도 나이가 많아.*" 래퍼포트가 말했다.

이제야 말을 하고 싶어진 모양이네! 그러나 선물시장에 관해 물어보면 일언반구도 안 해주겠지.

"그러시겠죠." 윌헬름이 말했다. "자, 어서 가시죠."

"나도 투사였지, 처칠처럼." 노인이 말했다. "우리가 스페인을 격파할 때 나도 해군에 입대했어. 그래, 그때는 수병이었네. 내가 뭐 잃을 게 있었겠나? 아무것도 없었지. 산후안 고지 전투**가 끝난 다음에 테디 루스벨트***가 나를 해변에서 쫓아냈어."

"자, 갓돌 조심하세요." 윌헬름이 말했다.

"그날은 궁금해서 뭐가 어떻게 돌아가는지 보고 싶었지. 내가 거기 갈 일은 없었지만 보트를 타고 내 손으로 노질해서 해변에 상륙했어. 아군 두 명이 전사했는데 파리를 쫓으려고 미국 국기로 덮어놨더라고. 그래서 근무중이던 보초병한테 말했지. '이 친구들 얼굴 좀 봅시다. 여기서 무슨 일이 벌어졌는지 확인하고 싶어서요.' 그랬더니 이러더라고. '안 됩니다.' 그래도 결국 설득했지. 보초병이 국기를 치웠는데 키 큰 남자 두 명이 장화를 신은 채 누워 있더라고. 둘 다 키가 훤칠했어. 둘 다 콧수염을 길게 길렀고. 상류층 자제들이었지. 한 명은 성이 피시였는데 저 허드슨강 상류에서 꽤 떵떵거리는 집안 출신이었어. 그런데

* 윈스턴 처칠은 1874년생이다.

** 1898년 미국-스페인 전쟁 때 쿠바 동남부 해안에서 벌어진 전투.

*** 시어도어 루스벨트의 애칭. 당시 해군성 차관직을 사임하고 대령으로 참전해 의용기병대를 이끌었다.

고개를 들어보니 어디서 나타났는지 테디 루스벨트가 모자를 벗고 전사자들을 내려다보더군. 거기서 전사한 아군은 두 명뿐이었지. 그런데 루스벨트가 나한테 이러더군. '해군이 여긴 웬일이야? 명령을 받았나?' '아닙니다.' 내가 그랬지. '그럼 이 해변에서 꺼져.'"

래퍼포트 노인은 이 추억을 대단히 자랑스러워했다. "한 마디 한 마디가 절도 있고 기품이 넘치더라고. 대단했지! 나는 테디 루스벨트를 사랑해. 정말 사랑한다고!"

아, 사람들은 얼마나 알쏭달쏭한가! 이 노인은 이미 송장과 다름없어 숨 끊어질 날이 얼마 안 남았는데도 옛날 자신에게 호통을 쳤다는 이유만으로 루스벨트를 사랑한단다. 그런 것도 사랑이라고 할 수 있겠지. 윌헬름은 미소를 지었다. 그렇다면 탬킨의 이야기가 사실일지도 모른다. 자식 열 명, 아내 두 명, 전화번호부 등등.

윌헬름이 말했다. "가요, 가요, 래퍼포트 씨." 그는 얇은 무명천 너머로 노인의 굵고 부실한 팔꿈치 뼈를 붙잡은 채 독촉했다. 이윽고 증권사에 다시 들어가 보니 전등 밑에서 회전판이 바삐 돌아가는 소리가 마치 북채로 나무토막을 마구 두드리는 소리처럼 소란스러웠고, 그래서 여느 때보다 더욱더 경극 공연장을 방불케 했고, 윌헬름은 눈을 가늘게 뜨고 현황판을 살펴보았다.

라드 시세가 너무 낯설었다. 설마 저게 라드 가격일 리가 없잖아! 아마 직원이 수치를 엉뚱한 칸에 입력했겠지. 그는 그 줄을 끝까지 따라가 종목을 확인했다. 라드는 .19로 내려갔으니 정오 이후에 20포인트나 뚝 떨어진 셈이다. 그럼 호밀 거래는 어떻게 됐을까? 호밀 가격도 떨어져 제자리로 돌아갔다. 매도할 기회를 놓쳐버렸다.

래퍼포트 노인이 윌헬름에게 말했다. "소맥 시세 좀 읽어주게."

"아, 잠깐 좀 기다리세요." 이렇게 말하며 윌헬름은 노인이 얼굴을 볼 수 없도록 아예 한 손으로 가려버렸다. 탬킨을, 혹은 탬킨의 대머리를, 혹은 탬킨의 회색 밀짚모자와 다갈색 띠를 찾아보았다. 탬킨은 보이지 않는다. 어디 갔지? 롤런드의 양옆에는 낯선 사람들이 앉아 있었다. 윌헬름은 아까 래퍼포트 씨가 앉았던 통로 옆자리 너머로 몸을 내밀고 앞좌석 등받이를 몇 번 밀었다. 그 자리를 새로 차지한 사람은 얼굴이 홀쭉하고 단호해 보이는 빨강머리 남자였는데, 그는 앞으로 몸을 숙이며 비켜주었지만 자리는 양보하려 하지 않았다. "탬킨은 어디 갔습니까?" 윌헬름이 롤런드에게 물었다.

"글쎄, 모르겠는데. 무슨 문제라도 생겼나?"

"보셨을 텐데요. 아까 들어왔거든요."

"아니, 나는 못 봤네."

윌헬름은 상의 윗주머니를 더듬어 연필을 꺼내고 계산하기 시작했다. 손가락마저 말을 안 듣는데다 너무 초조해서 소수점을 잘못 찍을까봐 걱정스러웠지만, 시험을 치르는 초등학생처럼 차근차근 뺄셈과 곱셈을 해보았다. 그의 심장은 각양각색의 위기에 익숙했지만 이번에는 새로운 공포에 휩싸였다. 두려워했던 대로 폭삭 망해버렸다. 굳이 독일인 지점장에게 물어볼 필요도 없다. 전자회계 장치가 이미 그의 계정을 막아버렸으리라는 것쯤은 윌헬름 자신도 충분히 짐작할 수 있었다. 지점장은 아마도 탬킨이 그리 신뢰할 만한 인물이 아니라는 사실을 알았을 테고, 그렇다면 처음 만나던 날 미리 귀띔해줄 수도 있었으리라. 그러나 남의 일에 참견해주길 기대할 수는 없다.

"손해봤나?" 롤런드가 물었다.

윌헬름은 제법 의연하게 대답했다. "아, 더 심하게 당할 수도 있었죠." 그는 계산을 마친 종이쪽지를 담배꽁초와 약이 든 주머니에 집어넣었다. 거짓말이 도움을 주긴 했지만—자칫하면 울어버릴까봐 잠시나마 걱정스러울 정도였다. 그러나 그는 마음을 굳게 다잡았다. 그렇게 마음을 다잡으려는 노력은 쇄골 밑에 공기가 들어찼을 때처럼 가슴속에 격렬하고 꼿꼿한 통증을 일으켰다. 그때쯤에는 양계장 백만장자 노인도 호밀과 라드 가격이 떨어졌음을 알았지만 윌헬름은 심각한 상황이라는 사실을 한사코 부인했다. "그저 일시적인 침체기죠. 걱정할 일은 아닙니다." 이렇게 말하며 평정을 유지했다. 차라리 울어버리고 싶은 심정이 군중 속의 누군가처럼 등을 떠밀고 쿡쿡 찌르며 괴롭혔지만 윌헬름은 고개조차 돌릴 수 없었다. 내심 이렇게 다짐했다. 저 사람들 앞에서는 울지 않겠다. 다시 만날 일은 없겠지만 저 사람들 앞에서는 절대로 어린애처럼 울지 않는다. 안 돼! 안 돼! 그러나 흘리지 못한 눈물이 자꾸 치밀어 금방이라도 익사할 듯한 기분이었다. 그래도 남들이 말을 걸어오면 아주 또박또박 대답했다. 당당하게 말하려고 노력했다.

"…… 떠난다며?" 문득 롤런드의 목소리가 들렸다.

"예?"

"자네도 같이 가는 줄 알았지. 탬킨이 이번 여름휴가는 메인주로 떠난다던데."

"어, 떠난다고요?"

윌헬름은 대화를 끊어버리고 탬킨을 찾아 남자 화장실로 향했다. 복도 건너편에는 현황판을 움직이는 기계실이 있었다. 기계로 만든 새떼처럼 붕붕거리고 윙윙거리는 소리가 들리고 어둠 속에서 진공관들이 반짝거렸다. 화장실 안에서는 사업가 두 명이 담배 한 개비씩 들고 대화를 나눴다. 칸막이 문짝 위에 다갈색 띠를 두른 회색 밀짚모자가 놓여 있었다. "탬킨!" 윌헬름이 불러보았다. 문짝 아래 드러난 발을 살펴보았다. "안에 계세요, 탬킨 박사님?" 분노를 억누르며 말했다. "대답하세요. 윌헬름이에요."

모자가 사라지고 걸쇠가 풀리고 낯선 남자가 나오더니 못마땅한 표정으로 윌헬름을 쳐다보았다.

"차례를 기다리십니까?" 사업가 한 명이 말했다. 새치기하지 말라는 경고였다.

"저요? 아닙니다." 윌헬름이 말했다. "사람을 찾는 중이에요." 몹시 화가 나버린 그는 탬킨이 빌려간 200달러만이라도, 증거금을 예치할 때 원래는 탬킨이 내야 할 몫이었던 그 돈만이라도 기필코 받아내겠다고 다짐했다. "메인행 열차를 타기 전에 받아야 하는데. 단 한 푼이라도 휴가비로 써버리기 전에—그 거짓말쟁이! 반반씩 공동투자를 하자더니."

7장

오히려 내가 밑에 깔려 있었다. 탬킨이 내 등에 업혔건만 내가 그에게 업혔다고 착각했다. 그자는 내가 마거릿뿐만 아니라 자기까지 업고 다니게 했다. 그렇게 두 사람이 손발톱을 총동원하여 나를 타고 다녔다. 내 몸을 갈기갈기 찢고 짓밟아 뼈까지 으스러뜨렸다.

윌헬름이 바삐 지나갈 때 백발이 성성한 바이올린 연주자가 다시 활을 들어 그를 가리켰다. 그는 노인에게 적선을 거절하고 이 불길한 징조도 애써 부인했다. 밀려드는 차를 이리저리 힘겹게 피해 가며 길을 건넌 후 글로리아나호텔 현관 계단을 총총걸음으로 올라갔다. 어두운 색조의 거울들이 사람의 결점을 감춰주었다. 로비에서 탬킨의 방에 전화를 걸어보았지만 아무도 받지 않았고, 그는 위층으로 올라가는 엘리베이터를 탔다. 립스틱을 바르고 밍크 목도리를 두른 오십대 여자가 줄에 묶인 조그마한 개 세 마리를 데리고 있었는데, 이 신경질적인 짐승들은 난쟁이노루처럼 새까만 눈이 툭 튀어나오고 다리는 나뭇가지처럼 가늘었다. 반려동물과 함께 12층으로 쫓겨 내려갔다는 괴팍스러운 에스토니아 여자였다.

여자가 윌헬름의 얼굴을 알아보았다. "애들러 박사님 아드님이군요." 그녀가 말했다.

윌헬름은 뻣뻣하게 고개를 끄덕였다.

"아버님과 아주 친해요."

윌헬름은 구석에 서서 그녀의 시선을 피했고, 그가 자기를 무시한다고 생각한 여자는 애들러 박사에게 이르기로 마음에 새겨두었다.

탬킨의 방 앞에 세탁물 손수레가 서 있고 문고리에는 큼직한 황동패가 달린 객실 직원용 열쇠가 꽂혀 있었다.

"혹시 탬킨 박사님 다녀가셨나요?" 그가 여직원에게 물었다.

"아뇨, 저는 못 봤어요."

윌헬름은 그래도 들어가서 방안을 둘러보았다. 책상에 놓인 사진을 하나하나 살펴보며 탬킨의 이야기에 등장했던 기이한 사람들과 사진 속 얼굴들을 연결지어보려 했다. 두 갈래 텔레비전 안테나 밑에 크고 두꺼운 책이 겹겹이 쌓였다. 『과학과 정신건강』이라는 책도 있고 시집도 몇 권 있다. 침대 옆 협탁에는 낱장으로 접어놓은 〈월스트리트 저널〉이 은제 물주전자에 깔린 채 늘어져 있다. 빨간색과 흰색 번개 문양의 목욕가운 한 벌과 납결 염색을 한 사치스러운 잠옷 한 벌이 침대 발판에 나란히 걸렸다. 상자 같은 방이지만 창문 너머로 상류 쪽은 다리*까지, 하류 쪽은 호보컨**까지 강물이 한눈에 내려다보인다. 그 사이의 풍경은 깊거나 푸르거나 더럽거나 복잡하거나 투명하거나 녹슬었는데, 뉴저지 쪽의 절벽 위에는 새로 짓는 아파트의 붉은 뼈대가 올라가고, 거대한 정기선이 여기저기 정박해 있고, 헝클어진 수염 같은 밧줄을 줄줄이 늘어뜨린 예인선도 있다. 바닷물이 드나드는 강물의 냄새가 이 높이까지 올라오는데 걸레 빤 물 같은 악취가 진동한다. 피아노 소리, 여러 남녀가 음계를 연습하거나 오페라를 부르는 소리, 창턱에 내려앉은 비둘기들의 울음소리 따위가 사방에서 들려온다.

월헬름은 다시 수화기를 집어들었다. "로비에 혹시 탬킨 박사님이 계시는지 확인해주시겠습니까?" 그가 물었다. 교환원은 못 찾았다고 보고했고, 윌헬름이 아버지의 방 번호를 불러주었지만 애들러 박사님도 받지 않는다고 말했다. "그럼 안마사를 연결해주세요. 마사지실 말입니다. 못 알아들으세요? 남성용 헬스클럽이요. 맞아요, 맥스 실퍼—이름까지 제가 어떻게 알겠습니까?"

이윽고 귀에 익지 않은 목소리가 들렸다. "톡토르 아들러를 찾는다고요?" 코와 귀가 뭉개져버린 그 노인이다. 왕년에 체코 권투선수였다는데 지금은 헬스클럽 직원으로 일하며 비누, 시트, 샌들 따위를 나눠준다. 노인이 어디론가 가버렸다. 공허한 적막이 끝없이 이어졌다. 윌헬름은 수화기를 손톱으로 두드려보기도 하고 휘파람을 불어보기도 했지만 직원도 교환원도 다시 불러낼 수 없었다.

윌헬름이 탬킨의 탁자에 놓인 약병들을 살펴보자 객실 직원이 그 모습을 보고 수상쩍어하는 듯했다. 페나펜이 떨어져가서 대체할 만한 약

---

* 조지워싱턴대교.

** 허드슨강을 사이에 두고 맨해튼과 마주보는 뉴저지주의 도시.

을 찾아봤을 뿐인데. 월헬름은 갖고 있던 알약을 하나 삼킨 후 방을 나섰고 다시 엘리베이터 버튼을 눌렀다. 헬스클럽으로 내려갔다. 엘리베이터에서 내리자 김이 서린 유리창 너머로 보이는 맨 아래층 계단 아래쪽에 수영장의 초록색 물빛이 일렁거렸다. 그는 탈의실 커튼을 헤치고 안으로 들어갔다. 수건을 두른 남자 두 명이 탁구를 하고 있었다. 솜씨가 서툴러 공이 높이 튀었다. 화장실에서는 흑인이 구두를 닦았다. 그는 애들러 박사라는 사람을 모른다고 했고, 월헬름은 마사지실로 내려갔다. 벌거벗은 남자들이 안마대에 누워 있었다. 방안은 그리 밝지 않고 몹시 더웠으며 천장에 매달린 희부연 보름달 같은 조명 몇 개가 창백한 피부를 비춰주었다. 벽면에는 술 달린 조그마한 옷을 입은 예쁜 여자들을 찍은 달력 사진이 몇 장 걸려 있었다. 첫번째 안마대에 누운 남자는 눈을 지그시 감은 채 조용하고 나른한 행복감을 만끽했는데, 풍성하면서도 가지런한 턱수염을 기른 그는 다리가 굵고 짤막한데다 시꺼먼 털이 무성했다. 러시아정교회 교인일지도 모른다. 그 옆에서 시트를 몸에 두른 채 차례를 기다리는 남자는 방금 면도를 했고 한증탕에서 나왔는지 얼굴이 불그레했다. 더없이 흡족한 표정으로 꿈을 꾸는 듯했다. 다음은 운동선수처럼 근육이 엄청나게 발달하고 힘이 넘치는 젊은이였는데, 부풀어오른 성기가 새하얗고 힘찬 곡선을 그리고 입가에는 반쯤 성난 듯한 미소가 감돌았다. 애들러 박사는 네번째 안마대에 누워 있었다. 월헬름은 아버지의 창백하고 홀쭉한 몸을 내려다보았다. 늑골도 폭이 좁고 가냘픈데 새하얀 시트에 덮인 배만 높고 둥글게 치솟았다. 별개의 물체처럼 동떨어진 모습이었다. 허벅지는 빈약하고 팔 근육도 축 늘어지고 목은 주름투성이였다.

러닝셔츠 바람의 안마사가 허리를 숙이며 애들러 박사의 귓가에 속삭였다. "아드님 왔어요." 그러자 애들러 박사가 눈을 뜨고 윌헬름의 얼굴을 쳐다보았다. 근심이 가득한 표정을 한눈에 알아본 아버지는 즉각적인 반사작용으로 전염의 위험을 멀찌감치 밀어내며 침착하게 말했다. "그래, 내 충고를 따르기로 했냐, 윌키?"

"오, 아버지." 윌헬름이 말했다.

"수영도 하고 마사지도 받으려고?"

"제가 보낸 쪽지 받으셨어요?" 윌헬름이 물었다.

"그래, 받긴 받았는데 아무래도 다른 사람한테 부탁하는 게 좋겠다. 나는 도와줄 수 없으니까. 네가 그렇게까지 쪼들리는 줄은 몰랐다. 어쩌다 그렇게 됐냐? 따로 모아놓은 돈도 없어?"

"아, 제발 도와주세요, 아버지." 윌헬름은 두 손이라도 맞잡을 태세였다.

"미안하구나." 애들러 박사가 말했다. "진심이다. 하지만 내가 정해둔 원칙이 있어. 많이 생각해봤지만 역시 좋은 원칙이라 믿고, 그래서 굳이 바꾸고 싶지 않다. 너는 현명하게 행동하지 못했어. 문제가 뭐냐?"

"전부 다예요. 그냥 전부 다. 어디 문제 아닌 게 있나요? 돈이 좀 있긴 했는데 제가 좀 멍청한 짓을 해버렸어요."

"도박이라도 한 거냐? 돈을 날렸어? 혹시 탬킨 때문이냐? 내가 누누이 말했잖냐, 윌키, 탬킨을 믿지 말라고. 그런데 덜컥 믿어버렸어? 보나마나—"

"맞아요, 아버지, 제가 그 작자를 믿어버렸어요."

애들러 박사는 윈터그린* 향유를 발라주려는 안마사에게 팔을 내맡겼다.

"그런 놈을 믿다니! 사기를 당했단 말이냐?"

"아무래도 제가 좀—" 윌헬름은 안마사를 곁눈질했지만 그는 일에만 전념했다. 부자간의 대화는 듣지도 않는 듯했다. "맞습니다. 당했다고 해야겠죠. 아버지 말씀을 들었어야 했어요."

"그래, 내가 몇 번이나 타일렀는지는 다시 말하지 않으마. 너도 몹시 괴로울 테니."

"예, 아버지, 그렇습니다."

"도대체 너는 얼마나 속아봐야 정신을 차릴지 모르겠구나. 어쩌자고 똑같은 실수를 자꾸 되풀이하는지."

"제가 생각해도 그래요." 윌헬름이 절망한 표정으로 말했다. "아버지 말씀이 옳아요. 똑같은 실수를 저지르면서 속고 또 속네요. 아무래도 저는 도저히—제가 너무 멍청했어요, 아버지, 숨도 못 쉬겠어요. 가슴이 너무 답답해서—숨이 콱콱 막혀요. 도저히 숨을 못 쉬겠어요."

그는 아버지의 벌거벗은 몸을 물끄러미 내려다보았다. 그러다가 문득 애들러 박사가 화를 참으려 애쓴다는 사실을 깨달았다. 폭발하기 직전이었다. 윌헬름은 고개를 푹 숙였다. "불행을 좋아하는 사람은 아무도 없잖아요, 아버지?"

"그래! 이번엔 운수 타령이구나. 조금 전에는 멍청했다고 하더니."

"멍청하기도 했고—둘 다 맞아요. 제가 정신을 못 차리는 건 사실이

---

* 진달랫과의 방향성 관목.

니까요. 하지만 저는—"

"자세한 얘기는 듣기 싫다." 아버지가 말했다. "이제 와서 또 짐을 짊어지기엔 내가 너무 늙었다는 사실을 좀 알아줬으면 좋겠다. 그러기엔 너무 늙었단 말이야. 그리고 남의 도움을 기다리기만 하는 사람은—마냥 기다리는 수밖에 없어. 그렇게 기다리는 자세부터 뜯어고쳐야지."

"돈 문제만이 아니고—돈 말고도 아버지가 아들한테 줄 수 있는 게 많잖아요." 윌헬름의 회색 눈이 허공을 올려다보고 콧구멍이 넓게 벌어졌다. 그러나 고통을 호소하는 이 모습은 아버지에게 더욱 반감만 불러일으켰다.

아버지가 경고하듯이 말했다. "조심해라, 윌키, 아비 인내심을 시험하지 마라."

"그럴 생각은 없었어요. 하지만 한 마디만, 딱 한 마디만 해주셔도 큰 도움이 될 텐데요. 지금까지 아버지께 많은 걸 바라지도 않았잖아요. 그런데 아버지도 다정다감한 분은 아니죠. 아주 작은 부탁조차 들어주지 않으시고."

윌헬름은 아버지가 이제 격분했다는 사실을 알아차렸다. 애들러 박사가 뭐라고 말문을 열다가 벌떡 일어나 앉으며 주섬주섬 시트로 몸을 가렸다. 아버지의 입이 크게, 시꺼멓게 벌어지며 일그러졌다. 아버지가 윌헬름에게 말했다. "네놈이 기어이 내 십자가가 되려고 작정했구나. 하지만 나는 십자가 따위는 짊어지기 싫다. 그런 꼴을 당하느니 차라리 윌키 네놈이 뒈져버리는 꼬락서니를 보는 게 낫지."

"아버지, 잠깐만요! 잠깐만요!"

"당장 꺼져라. 네놈 얼굴만 봐도 지긋지긋하다, 미련한 놈아!" 애들러 박사가 외쳤다.

윌헬름도 아버지 못지않게 화가 나서 피가 거꾸로 치솟았지만 분노는 곧 사그라지고 한없이 비참한 심경에 빠져들었다. 윌헬름은 딱딱한 말투로, 이상하리만큼 정중하게 말했다. "알겠습니다, 아버지. 그만하시죠. 우리가 할 얘기는 여기까지인 것 같습니다." 그러고 나서 무거운 걸음으로 수영장과 한증탕으로 통하는 문을 빠져나가 기나긴 지하층 계단 두 줄을 힘겹게 올라갔다. 다시 엘리베이터를 타고 중이층 로비로 향했다.

프런트에서 탬킨 박사에 관해 물어보았다.

직원이 말했다. "아뇨, 저는 못 봤습니다. 그런데 손님 앞으로 뭐가 온 것 같던데요."

"나한테요? 이리 주세요." 윌헬름이 쪽지를 펼쳐 보니 아내의 전화 메시지였다. '돌아오시는 대로 윌헬름 부인께 연락하세요. 급한 일입니다.'

아내에게서 급한 일이라는 전갈을 받을 때마다 아이들 때문에 몹시 걱정스러웠다. 그는 공중전화 부스로 달려가 전화기 밑 우묵한 철제 선반에 주머니 속의 잔돈을 좌르르 쏟아놓고 전화번호를 돌렸다.

"네에?" 아내였다. 거실에서 시저스가 컹컹 짖었다.

"마거릿?"

"그래, 안녕." 그들이 그 이상의 인사를 주고받는 일은 없었다. 아내는 윌헬름의 목소리를 곧바로 알아들었다.

"애들은 별일 없어?"

"둘 다 자전거 타러 나갔어. 애들한테 무슨 일이 있겠어? 시저스, 조용히 해!"

"메시지 때문에 식겁했잖아." 그가 말했다. "'급한 일'이라는 말은 함부로 하지 말았으면 좋겠어."

"할말이 있어서 그랬어."

귀에 익은 고집스러운 목소리가 간절한 그리움을 불러일으켰다. 마거릿이 아니라 예전의 평온한 삶에 대한 그리움이었다.

"이번엔 앞수표를 보냈더라." 그녀가 말했다. "그냥 넘어갈 수 없는 일이야. 1일은 벌써 닷새나 지났잖아. 그런데 12일자 수표를 보내다니."

"음, 돈이 없어서 그래. 그만한 돈이 없다니까. 그렇다고 감옥으로 보낼 일은 아니잖아. 그나마도 운이 좋아야 12일까지 그 돈을 마련할 수 있을 거라고."

그러자 그녀가 대답했다. "꼭 마련하는 게 좋을 거야, 토미."

"그래? 그건 왜?" 그가 따졌다. "말해봐. 내가 왜 그래야 하지? 당신이 나에 대해서 거짓말만 하고 다니는데? 당신은—"

그녀가 그의 말을 끊어버렸다. "돈이 왜 필요한지 알잖아. 애들을 내가 키우니까."

윌헬름은 비좁은 부스 안에서 땀을 뻘뻘 흘렸다. 고개를 숙이고 어깨를 추켜올린 채 5센트, 10센트, 25센트 동전을 가지런히 늘어놓았다. "나도 최선을 다한다고." 그가 말했다. "그런데 요즘 운이 좀 나빴거든. 아니, 사실은 너무 심각해서 어떤 상황인지도 모를 정도야. 오늘이 무슨 요일인지도 몰라. 생각도 제대로 못하겠다고. 차라리 생각을 안 하는 게 나을지도 몰라. 오늘은 도무지 되는 일이 없는 날이야, 마거릿. 내 평생 이런 날은 두 번 다시 없었으면 좋겠어. 진심으로 그렇게 빈단 말이야. 그래서 오늘은 아무 생각도 안 하려고 해. 내일은 몇 사람 만나볼 거야. 한 명은 영업부장이지. 또 한 명은 텔레비전 쪽에서 일하고." 그는 황급히 덧붙였다. "다시 연기를 하려는 건 아니야. 사업 때문이지."

"그렇게 말만 앞세우지 마, 토미." 그녀가 말했다. "로잭스 사람들과 화해해야지. 당신을 다시 받아줄 거야. 그렇게 어린애처럼 굴지 말라고."

"그건 또 무슨 뜻이야?"

그녀는 신중하면서도 고집스럽게, 무자비할 정도로 고집스럽게 말했다. "음, 당신은 사고방식이 아직도 어린애 같단 말이야. 이젠 그럴 처지가 아니잖아. 당신은 이틀에 한 번씩은 새 출발을 하겠다고 입버릇처럼 말하지. 그런데 십팔 년만 지나면 당신도 은퇴할 나이라고. 그렇게 나이 많은 사람을 신입사원으로 뽑아주는 회사는 없어."

"나도 알아. 하지만 그렇게까지 매몰차게 말할 필요는 없잖아. 그 사람들한테 무릎 꿇긴 싫어. 그리고 정말 너무 매몰차게 말하지 마. 내가 당신을 그렇게까지 괴롭히진 않았잖아."

"토미, 매번 내가 당신을 찾아내서 당연히 받을 돈을 달라고 조르는데, 이러는 거 정말 지긋지긋해."

그녀는 말투가 매몰차다는 말도 듣기 싫어했다.

"나도 많이 참는 중이야." 마거릿이 말했다.

그녀의 모습이 눈에 선했다. 예쁘장하고 단호한 얼굴, 자로 잰 듯이 일직선으로 자른 희끗희끗한 앞머리. 그녀는 스스로 공정하다고 믿으며 자랑스러워한다. 그러나 윌헬름은 생각했다. 사람이 자신의 행태를 직시하기란 쉽지 않은 일이지. 누군가는 피를 철철 흘리는데도, 누군가는 숨이 끊어질 지경인데도. 약자들은 저렇게 산다. 얌전한 척, 공정한 척. 그러다가 느닷없이 쾅! 강타를 날린다!

"로잭스가 나를 다시 받아준다고? 내가 설설 기어야 할걸. 회사는 내가 없어도 끄떡없어. 그렇게 오랫동안 일해줬으면 주식이라도 챙겨줘야 하잖아. 담당구역이 반토막 나면 당신하고 애들은 어떻게 부양하고 나는 또 어떻게 먹고살라는 거야? 그리고 당신은 손가락 하나도 까딱하지 않는데 왜 나 혼자 애면글면 고생해야 하지? 당신이 다시 공부할 때도 내가 다 밀어줬잖아? 그때 당신은 말로만—"

윌헬름이 점점 언성을 높였다. 언짢아진 마거릿이 말을 가로챘다. "당신이 내 말을 오해한 거야."

"내가 당신 때문에 죽을 지경이라는 것쯤은 당신도 알겠지. 설마 그 정도로 꽉 막히진 않았을 테니까. 살인하지 말라! 이 말은 알지?"

그녀가 말했다. "지금 제정신이 아니구나. 마음을 좀 가라앉히면 생각이 바뀔 거야. 나는 당신 능력을 굳게 믿어."

"마거릿, 당신이 상황을 제대로 이해하지 못해서 그래. 당신이 취직하는 수밖에 없다고."

"절대 안 돼. 어린애 둘을 내팽개쳐둘 수는 없어."

"젖먹이도 아니잖아!" 윌헬름이 말했다. "토미는 열네 살이야. 폴리도 곧 열 살이고."

"여보, 그렇게 버럭버럭 소리치면 대화를 이어갈 수가 없잖아. 우리 애들도 한창 위험할 나이야. 십대 깡패들이 판치는데—그게 다 맞벌이

가정이나 이혼가정 애들이라고." 마거릿이 조곤조곤 말했다.

그녀는 윌헬름이 스스로 집을 떠났다는 사실을 다시 일깨워주고 있었다. 아이들을 기르는 책임을 자기가 떠맡았으니 윌헬름은 자유롭게 사는 대가를 치러야 한다는 뜻이다.

자유롭다니! 윌헬름은 통렬한 슬픔을 느꼈다. 자유가 아니라 재를 머금은 듯 입맛이 쓰디썼다. 애들을 돌려줘. 내 새끼들이기도 하잖아.

한집에 살 때의 당신 모습으로 돌아올 수는 없어? 그렇게 말하고 싶었다. 그토록 오랫동안 한 침대에서 잤는데 벌써 다 잊어버렸어? 이토록 무자비하게 나를 괴롭혀야 속이 시원해?

오늘처럼 사느니 차라리 아내 곁으로 돌아가는 편이 나으리라. 마거릿은 윌헬름이 바로 그 점을 깨닫길 바랐고 드디어 본심을 드러냈다. "지금 불행해?" 그녀가 물었다. "당신은 불행해도 싸." 그러나 윌헬름은 로잭스주식회사에 복직시켜달라고 애원할 수 없듯이 이제 와서 아내 곁으로 돌아갈 수도 없었다. 차라리 죽으면 죽었지 도저히 그럴 수는 없다. 마거릿은 윌헬름과 올리브의 관계마저 망쳐놓았다. 그녀는 윌헬름을 치고 때리고 두들겨패고 짓밟아 마침내 숨통을 끊어버리고 싶어 한다.

"마거릿, 취직 문제는 제발 다시 생각해봐. 이제 원하던 학위도 땄잖아. 내가 당신 등록금을 왜 내줬겠어?"

"그때는 그게 실리적으로 보였으니까. 그런데 아니더라. 한창 자라는 애들한테는 부모의 권위와 가정이 필요해."

그는 아내에게 애원했다. "마거릿, 사정 좀 봐줘. 나 좀 살려달라고. 밧줄 끝에 겨우 매달린 형국이라 숨이 막혀 죽겠단 말이야. 당신도 사람을 파멸시킨 책임을 지긴 싫잖아. 그러니까 좀 봐줘. 나 정말 폭발할 지경이야." 얼굴이 자꾸 부풀었다. 그는 주석과 나무와 쇠못으로 만들어진 부스 벽을 쿵 때렸다. "제발 숨 좀 쉬게 해줘. 이러다 쓰러지기라도 하면 어쩌려고 그래? 그리고 나는 도저히 당신을 이해할 수가 없어. 오랫동안 같이 살았던 사람한테 어떻게 이런 취급을 하지? 당신을 위해 최선을 다했는데. 노력했는데. 당신을 사랑했는데." '사랑'이라는 말을 입에 올렸을 뿐인데도 온몸이 부들부들 떨렸다.

"아하!" 그녀가 기세등등하게 내뱉었다. "이제야 본론으로 들어가시네. 일이 어떻게 풀릴 거라고 예상하셨나요—거물 나리? 세상만사가 순탄하기만 할 줄 아셨나? 당신이 결국 그런 말을 할 줄 알았어."

처음부터 그토록 모질게 쏘아붙일 생각은 아니었겠지만 그녀도 오랫동안 애태우던 차에 더는 참을 수 없어 화풀이를 했으리라. 자신이 겪어야 했던 괴로움을 윌헬름도 맛보게 하고 싶어서.

윌헬름은 다시, 이번에는 주먹으로 벽을 쾅 때렸고, 심장이 무서운 기세로 치받는 바람에 허파에는 공기가 부족해서 작은 소리로 속삭이기도 어려울 정도였다. 그는 벌떡 일어나 비좁은 공간에서 발을 굴렀다.

"나는 언제나 최선을 다했잖아?" 고래고래 소리쳤지만 스스로 듣기에도 가냘프고 매가리없는 목소리였다. "나는 뭐든지 다 주는데 나한테 돌아오는 건 아무것도 없지. 법으로는 이런 처사를 처벌할 수 없겠지만 당신은 지금 나한테 죄를 짓는 거야. 하느님 앞에서—이건 농담이 아니야. 진담이라고. 하느님 앞에서! 조만간 애들도 다 알게 될걸."

그러자 마거릿이 굳은 목소리로 냉랭하게 말했다. "그렇게 버럭버럭

소리치면 도저히 참아줄 수 없어. 당신이 차근차근 분별 있게 말할 수 있을 때 다시 들어줄게. 이건 아니야." 그녀가 전화를 끊어버렸다.

월헬름은 벽에 걸린 전화기를 통째로 뜯어내려 했다. 검은색 전화통을 양손으로 움켜쥐고 부득부득 이를 갈며, 억눌린 외마디소리를 토해가며 미친듯이 콰직콰직 잡아당겼다. 그러다 문득 유리문 너머에서 경악한 표정으로 지켜보는 노부인을 발견했고, 선반에 꽤 많은 동전을 남겨놓은 채 허둥지둥 도망쳤다. 황급히 계단을 지나 길거리로 나갔다.

브로드웨이는 여전히 훤한 대낮이고, 나른한 햇살 아래 매캐한 공기는 거의 미동조차 없고, 정육점이나 청과점의 문가에는 톱밥 묻은 발자국이 즐비하다.* 어마어마한 인파가 꾸역꾸역 쏟아져나와 이리저리 밀려오고 밀려가고, 이 끊임없는 물결 속에는 온갖 인종과 온갖 부류가 마구 뒤섞여 나이도 제각각, 천성도 제각각이지만 저마다 과거부터 미래까지 인류의 온갖 비밀을 간직한 사람들이 한데 어우러지고, 얼굴마다 자기만의 목적이나 본성이 두드러지고—나는 노동한다, 나는 소비한다, 나는 투쟁한다, 나는 도모한다, 나는 사랑한다, 나는 매달린다, 나는 지지한다, 나는 양보한다, 나는 질투한다, 나는 갈망한다, 나는 경멸한다, 나는 죽는다, 나는 숨는다, 나는 바란다. 너무 빠르게, 아무도 헤아리지 못할 만큼 빠르게들 지나간다. 이곳은 인도가 웬만한 간선도로 못지않게 넓다. 차도 역시 드넓은데, 길바닥이 마구 흔들리고 번쩍거리는 모습을 보니 가까스로 버티는 듯싶다. 그리고 햇빛은 광활한 삼베처럼 보이지만 생생한 중압감이 느껴져 월헬름은 술에 취한 듯 비틀거렸다.

* 젖는 일이 많은 매장 바닥에 톱밥을 뿌리던 관행에 대한 언급.

"죽는 한이 있더라도 이혼은 꼭 해야겠어!" 그는 다짐했다. "아버지 일은—아버지 일은—차를 고철값으로 팔아서라도 내 힘으로 숙박비를 내야지. 그리고 올리브한테 무릎 꿇고 말해야지. '내 곁에 조금만 더 머물러줘. 그 여자한테 질 수 없잖아. 올리브!'" 또 이런 생각도 했다. 올리브와 다시 시작해보자. 아니, 반드시 그래야 한다. 올리브는 나를 사랑하니까. 올리브는—

갓돌 가까이 늘어선 리무진들 사이에서 탬킨 박사의 모습을 얼핏 본 듯싶었다. 물론 아까도 다갈색 띠가 둘린 밀짚모자 때문에 실수를 저질렀는데 똑같은 실수를 두 번이나 저지르기는 싫다. 그러나 저 장례식장 차양 밑에서 누군가에게 열심히 지껄이는 저 사람, 저 삐죽삐죽한 어깨, 탬킨이 아니면 누구란 말이냐? 성대한 장례식이었다. 윌헬름은 멋들어진 암회색 밀짚모자의 챙에 가려진 남다른 얼굴을 찾아보았다. 꽃을 가득 실은 오픈카 두 대가 서 있고 경찰관 한 명이 보행자들에게 길을 열어주느라 분주했다. 저 차양 받침대 바로 옆에 서 있는 저놈, 엄숙한 표정으로 손바닥을 내보이며 마냥 떠벌리는 저놈, 틀림없이 망할 놈의 탬킨 아닌가?

"탬킨!" 윌헬름은 소리치며 걸음을 내디뎠다. 그러나 한 경찰관이 야경봉을 밀대처럼 양손으로 움켜쥐고 밀어붙이는 바람에 한쪽으로 밀려나고 말았다. 탬킨에게서 아까보다 더 멀어져버린 윌헬름이 중얼중얼 욕설을 내뱉었지만 경찰관은 아랑곳없이 윌헬름의 배와 갈비뼈에 야경봉을 들이대며 점점 더 뒤로 밀어냈다. "빨리빨리들 지나가세요!" 경찰관의 시뻘건 얼굴에는 짜증과 땀방울이 가득한데 눈썹마저 시뻘건 털가죽 같다. 윌헬름은 퉁명스럽게 말했다. "사람을 이렇게 막 밀치는 법이 어디 있소."

그러나 사실 경찰관의 잘못은 아니었다. 그는 길을 열어주라는 명령을 받았을 뿐이니까. 윌헬름은 군중에 떠밀려 계속 움직였다.

그가 다시 소리쳤다. "탬킨!"

그러나 탬킨은 보이지 않았다. 정확히 말하자면 윌헬름 자신이 길거리를 벗어나 장례식장 안으로 밀려들어간 탓이었다. 장례식장에 들어서는 순간 압박감이 씻은 듯이 사라졌다. 실내는 어둑어둑하고 선선했다. 선풍기 바람이 땀에 젖은 얼굴을 말려주었다. 소금기 때문에 얼굴이 조금 근질거려 손수건으로 벅벅 문질렀다. 그러고 나서 한숨을 내쉬는 순간 비로소 파이프오르간에서 웅성거리듯이, 숨을 쉬듯이 울려퍼지는 음악소리를 듣고 긴 의자에 앉아 있는 사람들도 보았다. 코르크를 깔아놓은 중앙 통로에는 정장을 갖춰 입고 검은색 중절모를 쓴 남자들이 이리저리 조용히 돌아다녔다. 스테인드글라스에서 하얀색은 진주층 같고 거대한 별 무리의 파란색은 벨벳 리본 같았다.

윌헬름은 생각했다. 그래, 바깥에 있는 그 사람이 탬킨이라면 시원한 실내에서 기다리는 편이 낫겠지. 오늘 장례식에 참석한다는 말은 없었는데 별일이네. 하긴, 원래 그런 사람이지.

그러나 잠시 후 그는 탬킨을 까맣게 잊어버렸다. 남들처럼 벽면 가까이 서서 관이 있는 쪽을 바라보았다. 느릿느릿 움직이는 행렬이 관 앞을 지나가며 망자의 얼굴을 들여다보았다. 이윽고 윌헬름도 이 행렬에 끼었고, 천천히, 천천히, 한 걸음씩 나아갔고, 심장박동은 불안하고 답답하고 무시무시하게, 그러나 왠지 더 힘차게 두근거리는 듯했고, 마침내 차례가 되었을 때 그는 관 앞에 서서 아래를 내려다보았다. 시신을 보는 순간 숨을 멈췄다. 얼굴이 확 부풀고, 휘둥그레진 두 눈에 눈물이 핑 돌았다.

망자는 남자였고 머리가 희끗희끗했다. 두 갈래로 빗은 앞머리에 백발이 크게 굽이친다. 그러나 노인은 아니다. 얼굴이 긴 편이고 앙상한 코는 보일락 말락 하게 살짝 휘어졌다. 눈썹이 올라간 탓에 마지막으로 생각에 잠긴 듯한 표정이다. 육체가 이미 육체로서의 의미를 잃어버린 지금, 온갖 방해가 끝나고 드디어 생각할 여유를 얻었다는 듯이. 그리고 이 명상하는 얼굴에 깊은 인상을 받은 윌헬름은 걸음을 옮기지 못했다. 약간의 혐오감에 이어 적잖은 슬픔을 느끼면서도 그 자리를 떠날 수 없었다. 그는 행렬에서 벗어나 관 근처에 머물렀다. 두 눈에는 소리 없이 눈물이 고였고, 글썽글썽한 눈물 너머로 망자를 찬찬히 바라보았다. 그러는 동안에도 무표정한 조문 행렬은 공단을 깔아놓은 관을 지나 백합, 라일락, 장미 등의 꽃다발을 세워둔 곳으로 이동했다. 가슴 벅찬 슬픔을, 경탄에 가까운 감정을 가눌 길 없어 윌헬름은 하염없이 고개만 끄덕였다. 얼핏 보기에 망자의 모습은—정장 셔츠, 넥타이, 실크 옷깃, 분칠한 피부 등등—더할 나위 없이 근사했다. 그러나 조금만 더 자세히 들여다보면 그저—그저 허망하고 눈이 푹 꺼진 시신에 불과하다고 윌헬름은 생각했다.

조금 떨어진 자리에서 윌헬름은 울기 시작했다. 처음에는 감상적인 기분에 젖어 조용히 울었지만 머지않아 더 깊은 감정에 휩싸였다. 그는 큰 소리로 흑흑 흐느꼈고, 얼굴이 일그러지고 뜨거워졌고, 눈물 때문에 피부가 따끔거렸다. 한 사람—한 명의 인간. 처음에는 그 생각만 했지만 곧 이런저런 다른 생각이 솟구쳤다. 이제 어쩌면 좋지? 알몸으로 쫓겨났는데…… 오, 아버지, 제가 뭘 바라겠습니까? 아이들은 어쩌지—토미와 폴은? 내 새끼들. 그리고 올리브는? 내 사랑! 그래, 그래, 그래—제 목숨을 노리는 악마에게서 저를 지켜주세요. 제 목숨을 원한다면 차라리 죽여주세요. 가져가세요, 가져가세요, 제 목숨을 가져가세요.

그는 곧 말을 잃고 사고력도 판단력도 잃어버렸다. 도저히 걷잡을 수 없었다. 몸속 깊고 어둡고 뜨거운 곳에서 별안간 눈물샘이 터지며 눈물이 왈칵 쏟아져나왔고, 그러자 온몸이 와들와들 떨리고, 고집스럽던 머리가 수그러지고, 어깨가 구부러지고, 얼굴이 일그러지고, 손수건을 쥔 양손마저 말을 듣지 않았다. 마음을 가라앉히려 애써봤지만 소용없었다. 목구멍에 크게 맺힌 불행과 슬픔의 응어리가 자꾸 치밀어올랐고, 그는 결국 다 포기해버리고 두 손에 얼굴을 묻은 채 울어버렸다. 아무런 거리낌도 없이 엉엉 울었다.

장례식장에는 많은 사람이 모였지만 흐느껴 우는 사람은 윌헬름뿐이었다. 그가 누구인지 아는 사람은 아무도 없었다.

한 여자가 말했다. "뉴올리언스에서 온다던 그 사촌일까요?"

"저렇게 우는 걸 보면 정말 가까운 사이였겠죠."

"저런, 저런! 나도 저렇게 애도해주는 사람이 있으면 좋겠네요." 그렇게 말한 남자는 반짝거리는 눈을 휘둥그레 뜨고 윌헬름의 들썩거리는 두툼한 어깨를, 두 손에 가려진 얼굴과 희끗희끗한 금발을 부럽다는 듯이 바라보았다.

"혹시 고인의 동생이 아닐까요?"

"아, 동생은 아니라고 확신해요." 다른 구경꾼이 말했다. "조금도 안 닮았잖아요. 생김새가 영 딴판이에요."

눈물이 앞을 가려 제대로 볼 수 없는 월헬름의 눈앞에서 꽃다발과 불빛이 황홀하게 어우러졌다. 바다처럼 웅장한 음악소리가 귀까지 차올랐다. 그는 눈물이 가져다주는 위대하고 행복한 망각의 힘으로 군중 한복판에 숨어들었지만 음악은 거침없이 그의 내면으로 쏟아져들어왔다. 월헬름은 그 소리를 들으며 슬픔보다 더 깊이 가라앉았고, 애끓는 흐느낌과 울음을 뚫고 마침내 무엇보다 절실했던 마음의 안식을 찾아 더 깊이 더 깊이 내려갔다.

운명의 덫 속으로

현대사회를 관통하는 개인적·문화적 경험의 기록

존 업다이크, 필립 로스와 함께 20세기 후반 미국 문단을 대표하는 작가 중 하나이자 대표적 유대계 작가 솔 벨로는 『허공에 매달린 남자 *Dangling Man*』(1944)를 시작으로 『래블스타인*Ravelstein*』(2000)까지 장편소설 열네 편을 비롯해 단편, 희곡, 회고록, 수필, 서한집 등을 썼다. 1976년 노벨문학상을 받았고 『험볼트의 선물*Humboldt's Gift*』로 퓰리처상을, 『오기 마치의 모험*The Adventures of Augie March*』 『허조그*Herzog*』 『샘러 씨의 혹성*Mr. Sammler's Planet*』으로 각각 전미도서상을 받았으며, 국가예술훈장과 전미도서재단 공로훈장 등을 수훈했다. 작가로서 대중적으로 주목받게 된 것은 세번째 작품이자 미국 사회의 넘치는 활기와 무한한 가능성을 그려낸 『오기 마치의 모험』(1953)부터였는데, 유럽적 피카레스크소설과 미국적 경험을 결합한 이 작품은 두 전통의 계승자로서 벨로의 위상을 잘 보여준다.

솔로몬 벨로즈(후에 솔 벨로로 개명)는 1915년 캐나다 퀘벡주 라신에서 러시아 이민자 가정의 넷째로 태어나 히브리어, 영어, 프랑스어, 러시아어를 사용하는 다언어 환경에서 성장했다.

그는 자신이 성장하고 살았던 대도시를 배경으로 개인의 존재를 위협하는 물질주의 속에서 고립, 소외, 정체성의 문제로 고민하는 사변적 인물들을 주로 그렸고, 대안으로서 정신성과 초월성을 탐색했다. 좀 더 구체적으로는 유럽 이민자들의 도시 경험, 특히 유대계 이민자들의 경험, 마르크시즘과 모더니즘의 유혹, 잔존하는 유럽의 지성적 문화와 부상하는 대중문화, 베트남전쟁의 실패, 성과 인종에 대한 태도 변화, 1990년대 미국의 문화전쟁, 반유대주의 등을 소재로 삼았는데, 유려한 문체와 날카로운 언어감각, 탁월한 사고력으로 높은 평가를 받았다.

소외의 고통 속에 내려진 역설적 명령, '오늘을 잡아라'

『오늘을 잡아라』는 자기 자신으로부터, 또한 주변 사람들로부터 소외된 인물의 고통을 그린 벨로의 초기작이다. 주인공 윌헬름은 사십대 중반의 유대인으로, 생애 최대의 위기에 처해 있다. 그는 뉴욕 브로드웨이의 고급스러운 주거용 호텔인 글로리아나호텔에 산다. 이 호텔에는 성공한 의사이자 잘생긴 외모로 사람들의 존경을 한몸에 받는 퇴직한 아버지 애들러 박사도 살지만, 부자관계는 그리 좋지 않다. 윌헬름은 어린이용 가구 제조사에서 영업 이사로 일하다가 경영진의 처사에 불만을 품고 사표를 던지고 나와 무직 상태이고, 아내와도 별거중이다. 아내는 계속해서 양육비와 보험금 등을 그에게 청구한다. 호텔비도 내기 어려워진 그는 아버지에게 도움을 청하지만, 너무 늙어서 누구의 짐도 대신 지고 싶지 않다는 대답만 돌아온다. 아버지와 어머니, 누이 모두 명문 대학을 나왔지만, 그는 펜실베이니아주립대학 2학년을 중퇴하고 영화배우의 길로 들어섰다가 실패했다. 그는 직장으로부터, 아내와 아이들로부터, 아버지로부터 소외되어 있고, 누이와도 사이가 좋지 않다. 심지어 노인이 대부분인 글로리아나호텔의 고객들에게서도 외모에서 위화감을 느낀다. 그는 그들보다 "젊은 편인데다 몸집도 크고 금발이고 어깨도 넓기 때문이다".

호텔 로비 신문 매점의 유리에 비친 자신의 모습을 바라보며 윌헬름은 "그리 근사한 모습은 아니라고 생각"한다. 이마에 새겨진 주름살, 피부 곳곳에 있는 갈색 반점, 크고 둥그런 얼굴 등을 살펴보며 그는 자신이 "금발머리 하마"처럼 보인다고 느낀다. 젊어서는 꽤 잘생긴 얼굴이었으나 그 얼굴 하나 믿고 배우가 되기 위해 대학을 그만두고 할리우드로 건너가 엑스트라를 전전하며 칠 년을 허송세월했던 기억을 떠올린다. 자신을 바라보는 그의 시각에는 비판과 자성, 심지어 자학이 있다.

윌헬름 애들러는 중년이지만 아직도 정체성을 찾지 못하고 방황한다. 그가 가진 다양한 이름은 혼란한 정체성을 상징한다. 할리우드에서 그는 '애들러'라는 성을 버리고 '토미 윌헬름'으로 이름을 바꾼다. 아버지 애들러의 복제판이 되기보다 스스로 인생의 주인이 되어보겠다는 선택이었다. 그러나 영화배우 토미 윌헬름은 성공하지 못했고, 애들러 박사는 여전히 어렸을 때 애칭인 윌키라는 이름으로 그를 부른다. 그 역시 술에 취해 자기 자신을 꾸짖을 때는 아버지처럼 윌키라는 이름을 사용한다. 윌키는 자신을 작아 보이게 하는 이름이다.

모리스 베니스라는 스카우터가 대학신문에 실린 윌헬름의 사진을 보고 스크린테스트를 받아보라고 편지를 보낸 것이 그의 잘못된 인생길의 발단이 되었다. 그러나 스크린테스트를 해본 후 스카우터는 윌헬름이 생각보다 배우로서의 가능성이 없다고 판단했다. 모리스 베니스는 일종의 사기꾼으로서 영화산업 언저리에 기생하며, 실제로는 매춘업을 하기도 했으나, 윌헬름이 할리우드의 길을 택한 것을 전적으로 그의 사기 때문이라고 단정하기는 어렵다. 평범하고 진부한 노력의 길보다는 유명해지고 싶은 열망에 사로잡힌 윌헬름은 오히려 그를 졸라 어렵게 영화계에 발을 붙였던 것이다. 학교도 그만두고 가족과 다툼 끝에 내린 결정이라 싱겁게 포기하기도 어려운 상태였다.

윌헬름의 인생은 그러한 실수로 점철되었고, 마거릿과의 결혼도 마찬가지였다. 아내는 곤경에 처한 윌헬름의 사정은 아랑곳하지 않고 그에게 따로 사랑하는 여자가 있다는 것을 알고는 이혼에 동의해주지도 않는다. 윌헬름이 소송을 하려 하자 자신도 변호사를 선임해 대응하는데 결국은 변호사비조차 그에게 청구한다. 그의 퇴사 역시 상식의 눈으로 봐서는 잘못된 결정이었을 수 있다. 회사의 경영자가 윌헬름이 담당하던 영업 구역의 절반을 사위에게 떼어주고, 약속했던 부사장 자리까지 사위에게 주자 모욕을 느끼고 사직했다는 것이 그의 변명이다.

구석에 몰린 윌헬름은 수중에 남은 돈 700달러마저도 불확실한 선물시장에 투자해버린다. 이를 부추긴 것은 호텔에 사는 탬킨 박사라는 수상쩍은 인물이다. 자신을 정신과의사이자 발명가, 온갖 기상천외한 에피소드의 주인공이라고 떠벌리는 탬킨 박사를 윌헬름도 완전히 신뢰하지는 않는다. 아버지 역시 그를 조심하라고 경고한다. 그럼에도 윌헬름은 탬킨 박사가 때때로 내비치는 인간사회에 관한 통찰 때문에, 혹은 아버지가 자신에게 보여주지 않는 관심이나 연민을 보여주기 때문에 그의 의심스러운 조언을 따르게 된다.

탬킨은 윌헬름에게 생각이 깊고 창의력이 뛰어나고 겸손하다는 둥, 많은 것을 느끼며 사는 사람이라는 둥, "권력을 한아름 준다고 한들 영혼 한줌도 팔아먹지" 않을 사람이라는 둥 그의 진가를 인정해주는 듯한 말을 속삭인다. 가짜 영혼과 진짜 영혼에 대한 그럴듯한 얘기를 꾸며내기도 한다. 윌헬름의 역경과 희망을 어루만져주는 듯한 묘한 이론으로 탬킨은 그의 흥미를 끈다. 또한 기계주의의 파괴력과 자연의 창조력을 대비시키면서 덧없는 지상에서의 삶을 버리고 영원의 요람에서 안식할 것을 권유하는 시를 지어 보여준다. 사람들은 죄책감 때문에 자신이 원하는 삶을 살지 못하지만, 양계업으로 큰돈을 번 래퍼포트 씨는 버젓하게 두 집 살림을 하면서도 잘살아간다면서, 우울한 죄책감을 벗어던지고 본능대로 움직이는 그의 삶을 괜찮은 삶의 본보기로 제시한다. 그리고 자연이 유일하게 아는 것이 바로 현재이며, "영원한 현재"에 충실해야 한다고 역설한다. 이 주장이 바로 소설의 제목 '오늘을 잡아라'가 지칭하는 바다.

탬킨은 수입이 없어진 윌헬름에게 쉽게 정기적인 수입을 올릴 수 있다고 유혹하며 자신과 공동으로 선물에 투자하자고 부추긴다. 윌헬름은 그에게 돈을 맡기고 위임장까지 써준다. 탬킨이 사기꾼일지는 몰라도 수십 년간 주식과 선물거래시장에서 버텨온 듯하고, 글로리아나호텔에서 멀쩡한 생활을 하고 있다는 사실이 그 권유를 따르게 한 근거였다.

그들이 객장에 나가 시세를 점검한 뒤 점심식사를 마치고 선물거래소로 돌아왔을 때, 맹인과 다름없는 래퍼포트 노인이 담뱃가게로 데려다달라고 부탁하는데, 탬킨은 노인을 도와주는 순간이 "지금 여기"에 해당한다고, 객장에 가는 것보다 더 값진 일이라고 조언한다. 윌헬름은 마뜩지 않으면서도 그의 조언대로 래퍼포트 씨를 안내하고 돌아온다. 그러나 탬킨은 사라졌고, 그들이 공동투자했던 라드와 호밀 가격은 형편없이 떨어져 매도할 수도 없다. 윌헬름은 마지막 지푸라기마저 놓쳐버린다. 탬킨의 근사한 주장들은 그를 현혹시키기 위한 수단에 불과했던 것이다.

윌헬름은 적어도 탬킨에게 빌려준 200달러라도 받아내려고 길거리로 다시 나선다. 탬킨을 찾아 헤매던 중 그는 장례 행렬에 휩쓸려 장례식장 안으로 밀려들어가게 되고, 얼떨결에 조문 행렬을 따라 죽은 이의 관 앞에 서게 된다. 망자를 바라보며 촉발된 슬픔은 곧 그 자신의 처지에 대한 연민으로 연결되면서 그는 큰 소리로 흑흑 흐느끼기 시작한다. 그리고 신에게 제 목숨을 노리는 악마에게서 자신을 지켜달라고 기원하는 동시에 제 목숨을 원한다면 차라리 죽여달라고 기도한다. 그는 "눈물이 가져다주는 위대하고 행복한 망각의 힘으로 군중 한복판에 숨어들었지만" 거침없이 그의 내면으로 쏟아져들어오는 음악소리를 들으며 "슬픔보다 더 깊이 가라앉았고, (…) 무엇보다 절실했던 마음의 안식을 찾아 더 깊이 더 깊이 내려"간다.

결국 윌헬름은 죽음의 품안에서나 평온을 느낄 수 있는 상태에 이른 것이다. 결코 현명하지 못했던 한 인간의 파멸에 대해 결국 "제 무덤을 제가 팠다"고 냉정하게 말할 수도 있다. 그러나 그에게는 우리가 완전히 매도해버릴 수 없는 특징이 몇 가지 있다. 그는 어머니로부터 "감수성, 상냥한 마음씨, 우울한 성격, 그리고 급박한 상황에서 갈팡질팡하는 경향을 물려받았다". 대학시절 유일하게 쓸모 있었던 수업으로 문학을 꼽을 만큼 그는 문학을, 시를 사랑한다. 그리고 냉정한 아버지와는 달리 자식들을 사랑하고, 비록 따로 살고 있지만 재정적으로나 심정적으로 최선을 다하려 한다.

윌헬름은 벨로 자신과 어느 정도 닮은 점이 있다. 그는 벨로처럼 일찍이 어머니를 여의었고, 안정적인 직업을 갖길 바라는 가족의 기대를 저버리고 꿈을 좇아 수입이 보장되지 않는 직업을 택한다. 사업에 종사하는 가족들에게 거리감을 느꼈던 벨로처럼 그 또한 가족으로부터 소외되었다. 작가로서의 명성이 확고해지며 재정적 기반을 잡기 전에 벨로가 그랬듯이 그 역시 돈 때문에 어려움을 겪는다.

물론 벨로는 다양한 재능과 천재성을 지닌 작가로, 역경 속에서 자신의 길을 잘 헤쳐나가 마침내 위대한 작가로 성공하여 윌헬름과는 다른 길을 걷는다. 그러나 작가 자신의 면모를 부정적으로 극대화한 캐리커처 같은 모습이 윌헬름에게 있다. 탬킨의 개똥철학으로 포장된 여러 가지 주장, 즉 현대의 물질주의사회에서 비본질화된 인간의 삶, 개인의 욕망을 인정하지 않는 사회의 규칙에 대한 반발, 감성과 애정의 중요성에 대한 인식 역시 벨로의 가치관과 닮은 점이 많다.

이 소설의 서사는 자아도취적이고 자기단련이 부족한 윌헬름의 결점을 남김없이 드러내면서도, 그에게 동정적 시각을 가지도록 설계되었다. 몰락을 향한 윌헬름의 미련한 발걸음을 따라가며 우리는 그의 자기혐오에 어느 정도 공감하게 되고, 그의 시각에 초점을 맞춰 기술되는 사유와 대화를 통해 우리는 그의 곤경에 깊이 연루된다. 결국 우리는 거대한 동물을 뜯어먹어 뼈만 남겨놓는 브라질 밀림에 사는 피라냐와 같은 인물들이 윌헬름의 파멸에 다소 책임이 있음을 인정하지 않을 수 없다.

도시 속 오이디푸스의 익사와 해방

벨로는 윌헬름의 몰락을 물의 은유를 통해, 즉 물에 가라앉고 빠지는 다양한 은유를 통해 표현한다. 소설의 맨 마지막 문장에 나오는 "슬픔보다 더 깊이 가라앉았고"라는 표현을 보면, 결국 이 다양한 물의 이미지들은 그의 정신적 익사를 예견함을 알 수 있다.

윌헬름과 아버지가 거처하는 글로리아나호텔의 맞은편에 있는 거대한 앤소니아호텔은 "날씨 변화에 따라 대리석이나 바닷물처럼" 보이며, "오늘 아침은 깊은 물에 반사된 그림자처럼 위쪽은 하얀 뭉게구름 같고"라고 묘사되어 있다. 윌헬름이 자신을 비춰보는 신문 매점의 유리도 그림자를 반사하는 물과 같은 속성을 가졌다는 점에서 물 이미지의 연장이라고 볼 수 있다. 엘리베이터가 내려가는 장면도 "엘리베이터는 계속 가라앉았다"라고 표현된다.

스트레스를 견디지 못해 진정제와 각성제를 번갈아 복용하면서 엉망이 된 아들을 보고 애들러 박사는 물치료의 효과를 역설하며 호텔의 훌륭한 수영장과 다양한 목욕시설을 이용해보라고 권한다. 그러나 윌헬름에게 수영장은 "벽 사이에 갇혀 소독약냄새를 풍기는 물 따위"에 불과하고, 물치료는 "정신병자한테나 써먹는" 치료법으로 인식된다. 탬킨이 쓴 시에는 "기쁨-아름다움-온갖 환희를 경험하리라./물-달-바다, 이 삼위일체가 발치에 놓였도다"라는 표현이 있는데, 여기서 "물-달-바다" 삼위일체는 "보잘것없는 지표면"으로 표현되는 세속의 삶 반대편에 있는 구원과 초월의 이미지다. 결국 물은 세속의 초월이지만, 윌헬름이 속한 세계에서 세속의 초월이 가져오는 물의 세계-환희의 세계는 죽음에 의해서만 가능하다.

탬킨이 객장에 나간 날 점심을 먹으며 "아버님을 사랑하나?"라고 물었을 때, 윌헬름은 "낚싯바늘을 물고 달아나는 미지의 생물이 수면 아래서 몸부림치며 저항"하듯 자신이 탬킨의 낚싯바늘에 걸려든 것을 어렴풋이 느끼며 저항의 몸부림을 보인다. 그러나 그는 이미 물속에 잠긴 존재다.

탬킨이 사랑했던 아내가 "지독한 술고래"였고 결국 물에 빠져 죽었다는 일화에도 다시 물 이미지가 등장한다. 그녀는 물에 빠져 죽기 전 술에 빠져 살았으므로, 이중의 익사라고 볼 수 있다. 그는 거래소에서 위험을 무릅써가며 돈의 흐름의 구조를 파악하는 경험을 "해초가 된 기분이 궁금하면 물속에 들어가봐야지"라고 표현한다. 그가 물속에서 물결에 흔들리며 유희할 수 있는 해초 같은 존재일지 모르지만, 윌헬름은 물속에서 깊이깊이 가라앉음으로써만 종말의 평안에 도달할 수 있는 존재다.

윌헬름은 떨어지는 호밀과 라드 가격을 보면서 "흘리지 못한 눈물이 자꾸 치밀어 금방이라도 익사할 듯한 기분"이 된다. 결국 장례식장에서 "바다처럼 웅장한 음악소리가 귀까지" 차오르며 그는 깊이 가라앉는다. 그것은 "절실했던 마음의 안식을 찾아" 가라앉는 것이지만, 결국 그가 이 세상을 헤쳐나갈 길은 없어 보인다. 무서운 비극적 결말이 지나가고 질서가 회복되어 카타르시스를 경험하는 비극의 관객처럼 독자는 윌헬름의 눈물의 홍수가 지나간 후 그의 상징적 익사를 통해 해방과 정화를 경험하게 되면서 이야기는 해결점에 도달한 느낌을 준다. 몰락과 해방을 동시에 가져다주는 고전 비극의 경험을 벨로는 대도시의 각박하고 위협적인 현실에서의 생존 속으로 끌고 들어오는 것이다.

물론 윌헬름은 오이디푸스 같은 영웅도 아니고, 그의 결점은 비극적 영웅의 약간의 허점을 넘어서는 미련함과 어리석음으로 점철되어 있다. 그러나 눈을 뜬 채 맹인처럼 자기 운명의 덫 속으로 한발 한발 걸어 들어가는 그에게는 현대 도시 속 오이디푸스와 같은 면모가 있다. 그에게 남아 있는 선택은 운명을 받아들이고 그 운명과의 합일 속에서 평정을 찾는 비극적 주인공의 역할뿐이다.

운명의 주체가 되라는 듯한 '오늘을 잡아라'라는 명령은 운명에의 순응 외에는 선택의 여지가 없는 주인공의 처지에서 보면 한없이 역설적이다. 도입부에 압도적이고 거대한 괴물처럼 묘사된 앤소니아호텔은 개인의 힘으로는 어쩔 수 없는 미국이라는 거대한 물질적 질서의 숭엄한 면모를 드러내며, 결국 그를 집어삼키고 말 운명을 예견하는 듯하다. 일개 건물이 바다, 궁륭(하늘), 번개같이 숭엄한 자연의 위협적 면모를 모두 갖춘 것으로 묘사되어 있는 것이다.

"프라하나 뮌헨의 바로크식 궁전을 백배로 확대한 듯한 모습으로, 수많은 탑과 돔이 있고 비바람에 시달려 청록색으로 변해버린 거대한 금속제 돌출부와 궁륭, 철제 번개무늬 세공과 꽃줄 장식 따위가 즐비하다. 둥그런 꼭대기마다 시꺼먼 텔레비전 안테나가 빽빽하게 꽂혔다. 이 건물은 날씨 변화에 따라 대리석이나 바닷물처럼 보이는데, 안개가 끼면 석판처럼 검은색으로, 햇빛을 받으면 석회암처럼 하얀색으로 보이기도 한다."

전수용(이화여자대학교 영어영문학과 명예교수)

1915년 6월 10일, 캐나다 퀘벡주 라신에서 러시아계 유대인 이민자 부부 에이브러햄 벨로즈와 라이자 벨로즈의 사남매 중 막내로 태어남. 본명은 솔로몬 벨로즈Solomon Bellows.

1918년 가족과 퀘벡주 몬트리올로 이사.

1923년 해리엇 비처 스토의 『톰 아저씨의 오두막』을 읽고 작가가 되기로 결심.

1924년 미국 일리노이주 시카고로 이주. 아버지는 양파 수입업자로 일하며 석탄 배달, 주류 밀매 등으로 생계를 꾸림.

1930년 새빈중학교 졸업.

1933년 툴리고등학교 졸업. 재학 시절, 나중에 작가가 된 아이작 로즌펠드와 철학과 문학에 몰두했는데, 벨로는 특히 셰익스피어와 19세기 러시아 소설에 심취함. 어머니가 50세를 일기로 사망. 9월, 시카고대학교 입학.

1934년 시카고대학교에서 영문학을 수강하지만 교수들에게 좋은 평가를 받지 못해 실망함.

1935년 노스웨스턴대학교 전학. 영문학과에서 유대인에 대한 편견을 느껴 인류학 및 사회학으로 전과.

1936년 노스웨스턴대학교 대학신문 소설 공모에 단편을 기고해 3등상 수상. 솔로몬 벨로즈에서 솔 벨로로 개명.

1937년 노스웨스턴대학교 졸업. 위스콘신대학교 대학원에 장학생으로 입학. 인류학을 전공하지만 학업에 만족하지 못함. 12월, 애니타 고시킨과 결혼. 가족의 반대를 무릅쓰고 작가가 되기로 결심.

1938년 학업을 중단하고 시카고로 돌아옴. 페스탈로치-프뢰벨사범대학에서 인류학과 영문학 강의.

1940년 D. H. 로렌스의 여행기 『멕시코의 아침*Mornings in Mexico*』을 읽고 멕시코를 여행함.

1941년 미국인으로 귀화. 〈파티잔리뷰〉에 첫 단편 「두 개의 아침 독백*Two Morning Monologues*」 발표.

1942년 〈파티잔리뷰〉에 단편 「멕시코 장군*The Mexican General*」 발표.

1943년 브리태니커백과사전 편집에 참여.

1944년 첫 장편 『허공에 매달린 남자*Dangling Man*』 출간. 4월, 장남 그레고리 태어남.

1946년 1948년까지 미네소타대학교에서 문학과 창작 강의.

1947년 유대인과 비유대인의 관계를 다룬 장편 『피해자*The Victim*』 출간. 미니애폴리스 프로스펙트파크의 오래된 저택으로 이사.

1948년 단편 「펩 박사의 설교*Sermon of Dr. Pep*」 발표. 구겐하임펠로십을 받고 이 년 동안 유럽 여행. 파리에서 장편 『오기 마치의 모험*The Adventures of Augie March*』 집필 시작.

1950년 귀국 후 뉴욕대학교에서 강의.

1951년 단편 「그린 씨를 찾아서*Looking for Mr. Green*」 「바위 앞에서*By the Rock*」 발표.

1952년 프린스턴대학교에서 강의.

1953년 『오기 마치의 모험』 출간. 아이작 싱어의 단편 「바보 김펠*Gimpel the Fool*」(1945)을 번역해 〈파티잔리뷰〉에 소개. 바드대학교에서 문학 강의.

1954년 『오기 마치의 모험』으로 전미도서상 수상. 유대인 소년의 모험을 그린 이 소설의 성공으로 작가로서 자리매김함. 미네소타대학교 교수로 임용됨.

1955년 아버지가 74세를 일기로 사망.

1956년 장편 『오늘을 잡아라*Seize the Day*』 출간. 단편 「아버지가 될 사람 *A Father-to-Be*」 「곤자가의 유고*The Gonzaga Manuscripts*」 발표. 애니타 고시킨과 이혼 후 러시아 태생의 미국 화가 나훔 차크바소프의 딸 알렉산드라와 재혼. 친구 아이작 로즌펠드 사망.

1957년 차남 애덤 태어남. 가을에 시카고로 돌아옴.

1958년 단편 「노란 집을 떠나며*Leaving the Yellow House*」 발표. 미네소타대학교에서 강의.

1959년 장편 『비의 왕 핸더슨*Henderson the Rain King*』 출간. 포드재단의 지원금을 받음. 두번째 아내 알렉산드라와 이혼.

1960년 미 국무성의 지원으로 석 달 동안 유럽에서 문학 강의.

1961년 푸에르토리코대학교에서 문학과 창작 강의. 수전 글래스먼과 세번째 결혼. 겨울에 시카고로 돌아옴.

1962년 시카고대학교에서 홍보학 강의. 인문학대학원에 해당하는 '사회사상위원회Committee on Social Thought' 교수로 임용된 후 삼십여년 재직. 1970~1976년 위원장 역임.

1963년 『유대인 대표작가 단편선』 편집 출간.

1964년 장편 『허조그*Herzog*』를 출간하여 큰 성공을 거둠. 희곡 『마지막 분석*The Last Analysis*』 상연. 삼남 대니얼 태어남. 세번째 아내 수전과 이혼.

1965년 『허조그』로 두번째 전미도서상 수상. 희곡 『오렌지 수플레*Orange Soufflé*』 『위기 탈출*Out from Under*』 『거대도시*A Wen*』 오프브로드웨이 상연.

1967년 단편 「낡은 제도*The Old System*」 발표. 〈뉴스데이〉 신문사 요청으로 이스라엘 '6일전쟁' 취재.

1968년 유대문화유산상 수상. 단편집 『모즈비의 회고록*Mosby's Memoirs, and Other Stories*』 출간.

1969년 미국예술과학아카데미AAAS 회원으로 선임됨.

1970년 『샘러 씨의 행성*Mr. Sammler's Planet*』 출간. 뉴욕대학교에서 명예박사학위를 받음. 예루살렘히브리대학교 초청으로 이스라엘 방문.

1971년 『샘러 씨의 행성』으로 세번째 전미도서상을 수상하며 전무후무한 기록을 세움.

1972년 하버드대학교와 예일대학교에서 명예박사학위를 받음.

1974년 단편 「제트랜드: 성격증인의 증언*Zetland: By a Character Witness*」 발표. 루마니아 태생의 노스웨스턴대학교 수학과 교수 알렉산드라 바그다사르와 네번째 결혼.

1975년 장편 『험볼트의 선물*Humboldt's Gift*』 출간. 석 달의 안식월 동안 아내와 이스라엘, 유럽 여행.

1976년 노벨문학상 수상. 『험볼트의 선물』로 퓰리처상 수상. 『예루살렘을 다녀오다: 개인의 기록*To Jerusalem and Back: A Perconal Account*』 출간.

1977년 제퍼슨인문학회 초청으로 워싱턴에서 강의. 미국문예아카데미 소설 부문 금메달 수훈. 미국예술과학아카데미 에머슨소로메달 수훈.

1978년 단편 「은접시*A Silver Dish*」 발표. 장모의 임종을 보기 위해 루마니아 부쿠레슈티 방문.

1980년 오헨리상 수상.

1982년 장편 『학생처장의 12월*The Dean's December*』 출간.

1984년 이탈리아 말라파르트테문학상 수상. 단편 「사촌들*Cousins*」 「어떻게 지냈나요?*What Kind of Day You Have?*」 발표. 단편집 『말실수하는 남자*Him with His Foot in His Mouth and Other Stories*』 출간.

1985년 네번째 아내 알렉산드라와 이혼.

1986년 세인트루이스문학상 수상.

1987년 장편 『실연으로 인한 죽음*More Die of Heartbreak*』 출간.

1988년 커먼웰스상 수상. 국가예술훈장 수훈.

1989년 펜/맬러머드상 수상. 페기 헬머리치 저명작가상 수상. 중편 『도둑질*A Theft*』『벨라로사 커넥션*The Bellarosa Connection*』 출간. 비서였던 재니스 프리드먼과 다섯번째 결혼.

1990년 전미도서재단 공로훈장 수훈.

1991년 중편집 『나를 기억하게 하는 것*Something to Remember Me By: Three Tales*』 출간. 루스 밀러가 집필한 『솔 벨로: 상상력에 관한 전기*Saul Bellow: A Biography of the Imagination*』 출간.

1992년 시카고대학교 사회사상위원회 소속 동료 교수이며 절친한 친구였던 앨런 블룸 사망.

1993년 시카고를 떠나 매사추세츠주 브루클라인으로 이사. 보스턴대학교에서 강의.

1994년 산문집 『총정리: 희미한 과거부터 불확실한 미래까지*It All Adds Up: From the Dim Past to the Uncertain Future*』 출간.

1995년 12월, 시카고대학교 특강을 위해 시카고 방문.

1997년 중편 『진실*The Actual*』 출간.

1998년 미국철학협회 회원으로 선임됨.

1999년 외동딸 나오미 로즈 태어남.

2000년 앨런 블룸을 애도하며 쓴 전기적 장편 『래블스타인*Ravelstein*』 출간. 보스턴대학교 명예교수로 추대됨.

2001년 생전의 마지막 작품집 『단편선*Collected Stories*』 출간.

2005년 4월 5일, 매사추세츠주 브루클라인의 자택에서 89세를 일기로 영면. 버몬트주 브래틀버러에 있는 유대인 묘지에 안장됨.

문학동네 세계문학전집 발간에 부쳐

세계문학은 국민문학 혹은 지역문학을 떠나 존재하는 문학이 아니지만 그것들의 총합도 아니다. 세계문학이라는 용어에는 그 나름의 언어와 전통을 갖고 있는 국민문학이나 지역문학의 존재를 인정하면서 그것을 넘어서는 문학의 보편적 질서에 대한 관념이 새겨져 있다. 그 용어를 처음 고안한 19세기 유럽인들은 유럽문학을 중심으로 그 질서를 구축했지만 풍부한 국민문학의 전통을 가지고 있는 현대의 문학 강국들은 나름의 방식으로 세계문학을 이해하면서 정전(正典)의 목록을 작성하고 또 수정한다.

한국에서도 세계문학 관념은 우리 사회와 문화의 변화 속에서 거듭 수정돼왔다. 어느 시기에는 제국 일본의 교양주의를 반영한 세계문학 관념이, 어느 시기에는 제3세계 민족주의에 동조한 세계문학 관념이 출현했고, 그러한 관념을 실천한 전집물이 출판됐다. 21세기 한국에 새로운 세계문학전집이 필요하다는 것은 명백하다. 우리의 지성과 감성의 기준에 부합하는 세계문학을 다시 구상할 때가 되었다.

문학동네 세계문학전집은 범세계적으로 통용되는 고전에 대한 상식을 존중하면서도 지난 반세기 동안 해외 주요 언어권에서 창작과 연구의 진전에 따라 일어난 정전의 변동을 고려하여 편성되었다. 그래서 불멸의 명작은 물론 동시대 세계의 중요한 정치·문화적 실천에 영감을 준 새로운 작품들을 두루 포함시켰다.

창립 이후 지금까지 한국문학 및 번역문학 출판에서 가장 전문적이고 생산적인 그룹을 대표해온 문학동네가 그간 축적한 문학 출판 경험을 바탕으로 새로운 세계문학전집을 펴낸다. 인류가 무지와 몽매의 어둠 속을 방황하면서도 끝내 길을 잃지 않은 것은 세계문학사의 하늘에 떠 있는 빛나는 별들이 길잡이가 되어주었기 때문이다. 우리가 자부심과 사명감 속에서 그리게 될 이 새로운 별자리가 독자들의 관심과 애정에 힘입어 우리 모두의 뿌듯한 자산이 되기를 소망한다.

문학동네 세계문학전집 편집위원

민은경, 박유하, 변현태, 송병선, 이재룡, 홍길표, 남진우, 황종연

지은이 **솔 벨로**

1915년 캐나다 퀘백주 라신에서 러시아계 유대인 부부의 사남매 중 막내로 태어났고, 아홉 살 때 미국 일리노이주 시카고로 이주했다. 시카고대학교, 노스웨스턴대학교, 위스콘신대학교 등에서 수학했고, 미네소타대학교, 뉴욕대학교, 프린스턴대학교, 시카고대학교 등에서 오랫동안 인류학, 문학 등을 가르쳤다. 『오기 마치의 모험』『허조그』『샘러 씨의 행성』으로 세 차례 전미도서상을 수상하며 전무후무한 기록을 세웠다. 1976년 『험볼트의 선물』로 퓰리처상을 받았고, 같은 해 노벨문학상을 수상했다. 그 밖의 작품으로 『허공에 매달린 남자』『피해자』『학생처장의 12월』『실연으로 인한 죽음』『래블스타인』 등이 있다. 2005년 4월, 매스추세츠주 브루클라인의 자택에서 89세를 일기로 영면했다.

옮긴이 **김진준**

연세대학교 사회학과 및 영문과를 거쳐 마이애미대학교 대학원에서 영문학을 전공했다. 살만 루슈디의 『분노』 번역으로 제2회 유영번역상을 수상했다. 옮긴 책으로 『조지프 앤턴』『악마의 시』『한밤의 아이들』『롤리타』『빅 슬립』 등이 있다.

세계문학전집 219

오늘을 잡아라

초판 인쇄 2022년 9월 5일
초판 발행 2022년 9월 20일

지은이 솔 벨로 | 옮긴이 김진준

책임편집 김혜정 | 편집 이희연 손미선
디자인 김마리 신선아 최미영 | 저작권 박지영 형소진 이영은 김하림
마케팅 정민호 이숙재 박치우 한민아 이민경 안남영 김수현 정경주
브랜딩 함유지 함근아 김희숙 박민재 박진희 정승민
제작 강신은 김동욱 임현식 | 제작처 영신사

펴낸곳 (주)문학동네 | 펴낸이 김소영
출판등록 1993년 10월 22일 제2003-000045호
주소 10881 경기도 파주시 회동길 210
전자우편 editor@munhak.com | 대표전화 031)955-8888 | 팩스 031)955-8855
문의전화 031)955-1927(마케팅), 031)955-1904(편집)
문학동네카페 http://cafe.naver.com/mhdn
인스타그램 @munhakdongne | 트위터 @munhakdongne
북클럽문학동네 http://bookclubmunhak.com

ISBN 978-89-546-4347-4 04840
978-89-546-0901-2 (세트)

잘못된 책은 구입하신 서점에서 교환해드립니다.
기타 교환 문의 031) 955-2661, 3580

www.munhak.com